KB060780

꿈의 노벨레

꿈의 노벨레

아르투어 슈니츨러

백종유 옮김

▲

문학과지성사

옮긴이 백종유

서강대학교 독어독문학과와 같은 과 대학원을 졸업하고 오스트리아 인스부르크 대학에서 「슈니츨러 소설에서의 공간 기능」으로 박사 학위를 받았다. 경기대, 서강대, 숙명여대에서 강의했다. 옮긴 책으로 『나는 누구인가』 『미래를 읽는 8가지 조건』 『엘제 아씨』 『블랙아웃』 등이 있다.

문지 스펙트럼 세계 문학

꿈의 노벨레

제1판 제1쇄   1997년 12월 5일
제1판 제8쇄   2012년 11월 16일
제2판 제1쇄   2020년 5월 8일

지은이   아르투어 슈니츨러
옮긴이   백종유
펴낸이   이광호
주간   이근혜
편집   박지현
펴낸곳   ㈜**문학과지성사**
등록번호 제1993-000098호
주소   04034 서울 마포구 잔다리로7길 18 (서교동 377-20)
전화   02) 338-7224
팩스   02) 323-4180(편집)   02) 338-7221(영업)
전자우편 moonji@moonji.com
홈페이지 www.moonji.com

ISBN 978-89-320-3627-4 03850

이 도서의 국립중앙도서관 출판예정도서목록(CIP)은 서지정보유통지원시스템 홈페이지 (http://seoji.nl.go.kr)와 국가자료공동목록시스템(http://www.nl.go.kr/kolisnet)에서 이용하실 수 있습니다. (CIP제어번호: CIP2020017032)

차례

일러두기

1. 이 책은 Arthur Schnitzler의 *Traumnovelle*를 우리말로 옮긴 것이다.

2. 번역 대본으로는 *Traumnovelle und andere Erzählungen. Das erzählerische Werk Band 6*(Fischer Taschenbuch Verlag, 1990)을 사용하였다.

3. 인명, 지명 등 고유명사의 외래어 표기는 국립국어원 외래어 표기법에 따랐다.

4. 이 책의 각주는 모두 옮긴이 주이다.

제1장

"스물네 명의 구릿빛 노예들이 호화찬란한 갈레선의 노를 젓고 있었습니다. 이 배는 암기아트 왕자님을 칼리프*의 궁전으로 모시고 가는 중입니다. 그런데 왕자님께서는 진홍빛 망토로 몸을 감싼 채 갑판에 홀로 누워 계셨습니다. 검푸른 저녁 하늘에는 별들이 총총히 박혀 있고, 그리고 왕자님의 시선이……"

바로 이 대목까지 어린 딸아이는 큰 소리로 동화책을 읽다가 한순간에 눈꺼풀이 스르륵 내려앉았다. 부모는 미소를 지으며 서로 마주 보았다. 프리돌린은 몸을 굽혀 아이의 금발 머리에 입을 맞추고 동화책을 탁 덮어버렸다. 동화책은 미처 치우지 못한 식탁 위에 놓여 있었다. 아이는 무슨 잘못이라도 저지른 양 움찔 놀라며 고개를 들었다.

"9시다." 프리돌린이 말했다. "잠자러 갈 시간이지."

마침 그 순간 알베르티네도 딸아이에게 몸을 굽혔기 때

---

* 이슬람 국가의 전제적인 왕.

문에 아이의 귀여운 이마 위에서 부모의 두 손이 마주쳤다. 이제는 그저 아이만을 생각한 것이 아닌 부드러운 미소와 함께 두 사람의 시선이 마주쳤다. 보모가 방으로 들어오고 부모님께 안녕히 주무시란 인사를 잊지 않도록 아이에게 주의를 주었다. 아이는 고분고분 자리에서 일어나 아빠와 엄마의 볼에 뽀뽀를 하고, 보모의 손에 이끌려 얌전히 방을 나갔다. 드디어 프리돌린과 알베르티네는 식탁 위에 매달린 붉은 등불 아래 단둘이 남게 되었고, 그제야 비로소 어젯밤 가면무도회에서 두 사람이 겪은 기묘한 사건에 대한 이야기를 부랴부랴 다시 꺼냈다. 저녁 식사 전에 시작했던 이야기를 미처 끝내지 못했던 것이다.

어제는 올해 들어 그들이 참석한 첫번째 무도회였다. 금년의 카니발이 끝나기 직전에 가면무도회에 가보자고 서둘러 결정했던 것이다. 프리돌린의 경우에는 홀에 들어서자마자 빨간색 도미노*를 쓴 두 명의 여자가 마치 초조하게 기다리고 있던 남자 친구라도 되는 양 그를 반갑게 맞이해주었다. 그들은 프리돌린의 대학 시절이며 병원에서 근무할 때의 일들을 유별나게 자세히 알고 있었지만, 정작 프리돌린은 이 여자들이 누구인지 아무리 생각해봐도 기억나지 않았다. 이들은 한껏 기대를 불러일으키는 친절을 베풀며 프

* 두건 복면.

8

리돌린을 위층 칸막이 특별석으로 초대하더니 가면을 벗고 곧 돌아오겠단 약속을 남기고 그 자리를 떠났다. 너무 오랫동안 그들이 나타나지 않자 프리돌린은 초조해졌고, 미심쩍은 두 여자를 다시 만날 수 있지 않을까, 하는 희망을 갖고 1층으로 내려가 꼼꼼하게 주변을 둘러보았지만 어디에서도 그들을 찾아낼 수 없었다. 그들 대신에 다른 여자가 그의 팔에 갑자기 매달렸다. 아내였다. 그녀는 방금 낯선 남자로부터 빠져나온 길이었다. 멜랑콜리하면서도 무뚝뚝한 이 남자는 이국적인, 아마도 폴란드 악센트를 사용하여 처음에는 그녀를 매혹시켰지만 뜻밖에도 추악하고 거친 말을 내뱉는 바람에 알베르티네의 마음을 상하게, 아니 깜짝 놀라게 만들었다. 그렇게 해서 남편과 아내가 무도회에서 자리를 같이하게 되었다. 실망할 정도로 별 볼 일 없는 가면무도회에서 벗어났음을 마음속 깊이 기뻐하며 사랑에 빠진 다른 커플들 속에 끼여 앉아 두 사람은 이내 한 쌍의 연인처럼 행동했다. 연회장 뷔페에서 값비싼 굴과 샴페인을 즐기면서 마치 조금 전에 처음 만나 알게 된 사이라도 되는 것처럼 밀당을 했다. 두 사람은 코미디에 빠져든 것이다. 서로 정중하게 굴다가 은근슬쩍 빼기도 하고, 언뜻 유혹도 해보고 짐짓 허락해주는 척하기도 했다. 그러다가 두 사람은 급히 마차를 몰아, 하얀 눈이 내리는 겨울밤을 가로질러 집에 들어서자마자 서로의 품에 안겨 사랑의 행복에 빠져들었다. 그토록 뜨거운 사랑은 정말 오랜만의 일이었다. 그러나 회색빛 아침이 이내 그들을 잠에서 깨웠다. 남편은 직업상의 일로 꼭두새벽부터 환자의 침대 머리에 나가 있어야만 했고, 가정주부와 어머니로서 해야 할 일들은 알베르티네에게도 제대로 쉴 짬을 주지 않았다. 다른 생각을 할 겨를도 없이 하루의 시간은 그날그날 정해진 의무와 노동 속으로 사라져갔다. 바로 어젯밤 무도회만 해도 언제 그런 일이 있었냐는 듯 벌써 희미해져 있었다. 그러나 드디어 지금 이 순간만큼은 두 사람 모두 하루 일과를 끝마쳤고, 아이마저도 잠자리에 들었으며 그 어디에서도 방해될 만한 것은 눈에 띄지 않았다. 그러자 무도회장의 수수께끼 같은 인물들, 이름 모를 멜랑콜리한 남자와 빨간색 도미노 여자들이 다시 현실로 떠올랐다. 하찮았던 지난밤의 체험들이 미처 실현되지 못한 가능성들을 못내 숨겨놓고 있는 듯 서로의 얼굴에는 갑자기 매혹적인 빛이 고통스럽게 감돌았다. 아무 생각 없이 말하는 것 같지만 뭔가를 노리는 질문, 교묘하게 이중적인 의미를 지닌 대답들이 오가기 시작했다. 두 사람은 상대방이 마지막 속마음을 감추고 있다는 것을 훤히 꿰뚫어 보고 있었기 때문에 가벼운 복수심마저 불쑥불쑥 솟아나곤 했다. 두 사람은 무도회에서 만난 이름 모를 파트너가 발산한 매력의 정도를 짐짓 과장했고, 상대방이 드러낸 질투 섞인 흥분을 비웃으며 자신은 결코 그런 사람이 아니라고 딱 잡아

떴다. 아무것도 아닌 어제 하룻밤의 모험에 대해 별생각 없이 잡담을 나누다가 그들의 대화는 어느덧 진지하게 발전했다. 감추어진 욕망, 거의 예상치 못했던 욕망, 가장 명징하고 가장 순수한 영혼의 한가운데에 있어도 위험천만한 돌개바람에 휩쓸릴 수 있는 눈먼 욕망. 이런 욕망에 관해 이야기를 나누는 동안, 두 사람의 대화는 결국 비밀스러운 영역에까지 이르게 되었다. 이러한 영역에 대해 그들은 평상시 아무런 동경을 느끼고 있지 않았음에도 불구하고, 운명이라는 이해할 수 없는 바람이 세차게 몰아치면 비록 꿈속에서라도 두 사람이 한순간에 휩쓸려들 수 있는 그런 영역이었다. 감정과 의식에서 두 사람은 전적으로 하나였기에 모험과 자유, 위험이 뒤섞인 바람이, 두 사람을 설핏 스쳐 지나간 일이 어제저녁이 처음은 아니란 것도 너무나 잘 알고 있었다. 마음을 졸이고 자학을 하면서도 두 사람은 불순한 호기심을 가지고 상대방의 고백에서 뭔가를 끌어내려고 애썼다. 그래서 그들은 신중하게 자기 자신에게도 접근하여, 비록 하찮은 일일지언정 각자의 내면에서 그 어떤 것이 되었든 하나의 사실을 탐색해보았다. 그 결과, 각자에게 있었던 하나의 체험을, 이제는 그냥 지난 일처럼 보인다 해도 말할 수 없는 것을 표현해줄 수 있는 그런 체험을 결국 찾아냈다. 이를 솔직하게 고백하는 것만이 긴장과 불신에 사로잡힌 두 사람을 해방시켜줄 것 같았다. 두 사람 사이의 불신은 점차 고조되어 이제는 더 이상 참을 수 없는 지경에 빠진 것이다. 이 순간, 알베르티네가 더 참을성이 없거나 또는 더 진솔했거나 아니면 더 아량이 넓었던지 마음을 터놓고 먼저 이야기할 용기를 냈다. 약간 망설이는 목소리로 알베르티네는 프리돌린에게 아직도 그 젊은 남자를 기억하고 있는지 물었다. 그 남자, 그러니까 지난해 여름 덴마크 해변의 남자, 어느 날 저녁 장교 두 사람과 함께 옆 테이블에 앉아 있다가 식사 도중에 전보를 받자 그 자리에서 친구들과 서둘러 헤어졌던 그 남자를.

프리돌린은 고개를 끄덕였다.

"그 남자와 무슨 일이 있었는데?" 그가 물었다.

"난 바로 그날 아침에도 그 남자를 봤어." 알베르티네가 대답했다. "그는 노란 손가방을 들고 호텔 계단을 급히 올라오고 있었어. 날 흘끗 훑어보고 그냥 지나쳤는데 몇 계단 더 올라가더니 걸음을 멈추고 나를 향해 몸을 돌리는 거야. 우린 분명 눈길이 마주쳤지. 그 남잔 미소를 짓지 않았어. 아니 오히려 표정이 어두워진 것처럼 보였는데, 내 표정도 분명 비슷했을 거야. 내 마음이 그렇게 흔들린 건 생전 처음이었으니까. 난 꿈속을 헤매며 온종일 해변에 누워 있었지. 그 남자가 날 불러준다면 난 뿌리칠 수 없었을 거야. 그 당시 내 생각으론 확실했어. 모든 걸 다 각오하고 있었지. 당신, 아이, 나의 미래, 모두 내던질 생각이었으니까, 마음의 결정을 내린 거나 마찬가지였지. 그런데 동시에 말이야. 당신이 이런 내 마음을 알기나 할까? 당신은 내게 그 어느 때보다도 더 소중했어. 바로 그날 오후 우리가 무엇을 했는지 당신도 분명 기억할 거야. 우린, 운명을 따라야 한다는 듯이 온갖 잡다한 일들을 정말 두서없이 주절거렸어. 우리가 함께할 미래, 그리고 아이에 대해서도. 정말 오랜만에 이야길 했지. 해 질 무렵 우린 발코니에 앉아 있었는데, 당신과 내가 말이야. 바로 그때 그 남자가 저 아래 해변을 걸어오잖아. 고개를 들어 위에 있는 나를 쳐다보진 않았지만, 하지만 난 그를 바라보는 것만으로도 행복했어. 그때 난 당신 이마를 쓰다듬으며 머리에 키스를 했지. 당신에게 바치는 나의 사랑, 여기엔 정말 가슴 아린 동정심이 함께하고 있었어. 그날 저녁 난 정말 아름다웠지, 당신도 그렇게 말해주었으니까. 난 하얀 장미꽃 한 송이를 허리띠에 달았어. 낯선 그 남자는 친구들과 함께 우리 가까이에 앉았는데 아마 그건 우연이 아니었을 거야. 그 남자는 날 건너다보지 않았어, 하지만 난 머릿속으로 자릴 박차고 일어나 그 남자의 테이블로 가서 말하는 걸 상상하고 있었어. '자 여기 내가 왔어요. 내가 열망했던 그대, 내 연인이여. 날 데려가줘요.' 이런 상상을 하고 있는 순간에 그 전보가 온 거야. 그 남자는 전보를 읽너니 얼굴이 창백해졌고, 두 장교 중 젊은 쪽에게 몇 마디 귓속말을 하고 수수께끼 같은 눈빛으로 날 훑어보곤 그대로 홀을 떠났어."

"그래서?" 그녀가 침묵을 지키자 프리돌린이 메마른 목소리로 물었다.

"그 이상은 없어. 내가 아는 건 그저, 그다음 날 아침 깨어났을 때 얼마간은 안절부절못했다는 거야. 무엇 때문에 그랬는지…… 그 남자가 떠났기 때문인지, 아니면 아직도 그가 여기 머물러 있을 수도 있기 때문인지 아직도 잘 모르겠어, 그때 역시 몰랐으니까. 하지만 그 남자가 정오가 되어서도 나타나지 않자, 난 안도의 한숨을 내쉬었어. 더 이상 묻지 말아, 프리돌린. 난 당신에게 모든 진실을 숨김없이 다 말했으니까. 그런데 당신도 역시 그 해변에서 무슨 일인가를 겪었잖아. 난 알고 있어."

프리돌린은 일어서서 방 안을 몇 차례 왔다 갔다 한 후 입을 열었다. "당신 말이 맞아." 그는 창가에 섰다. 그의 얼굴은 어둠 속에 가려 보이지 않았다. "그날 아침에 말이야." 그는 뭔가를 숨기는 듯 적개심이 섞인 목소리로 말했다. "때때로 아주 이른 시간, 그러니까 당신이 일어나기도 전에 난 해안을 따라 저 멀리 사람이 살지 않는 곳까지 산책을 나가곤 했지. 그렇게 이른 시간이었지만 밝은 태양이 벌써 바다 위를 뜨겁게 비추고 있는 거야. 저 멀리 해변엔 당신도 알다시피 작은 시골집들이 드문드문 있잖아, 그 집들은 제각각 독자적인 작은 세계지. 어떤 집엔 나무 울타리를 둘러친 정원이 딸려 있고 어떤 집은 그저 숲에 둘러싸여 있었지, 그리고 해수욕객을 위한 탈의용 오두막은 그 집에서부터 시골길과 넓은 해변을 건너야 나타나지. 그만큼 멀리 떨어져서 그곳은 전혀 다른 세상인 셈이야. 그렇게 이른 시간에 사람들을 마주친 일은 그때까지 없다시피 했어, 물론 해수욕객은 찾아볼 수도 없고. 그런데 말이야 어느 날 아침이었는데 정말 갑자기 어떤 여자 모습이 눈에 띄지 않겠어, 조금 전까지만 해도 보이지 않았었는데. 그러니까 거기 해변에 말뚝을 박아 만들어놓은 탈의실이 있잖아. 그곳의 좁은 테라스 위에서 그 여자는 한 발 한 발 조심스레 내딛는 거였어, 두 팔을 펴서 등 뒤 나무판자 벽에 기대고서 말이야. 아주 어린 소녀였지, 열다섯 살쯤 되었을까. 묶지 않은 금발 머리가 양어깨를 타고 넘어 앙증맞은 젖가슴 위로 흘러내리고 있었어. 소녀는 시선을 눈앞 물속에다 떨구고 벽을 따라 미끄러지듯 걷고 있었는데 말이야. 내리깐 눈으로 다른 구석을 쳐다보기도 하다가 갑자기 나와 정면으로 마주친 거야. 소녀가 두 팔을 등 뒤 벽 쪽으로 더 뻗어서 몸을 단단히 고정시키려는 것처럼 보였는데, 그 순간 고개를 들어 나를 본 거야. 소녀의 알몸에서 경련이 일어났어, 그 자리에서 땅속으로 꺼져버리거나 아니면 도망쳐야 한다는 태도가 분명했어. 하지만 좁은 테라스 위에서는 그저 천천히 움직일 수밖에 없었지, 아마 그래서 가만히 있기로 작정했던 모양이지. 그렇게 해서 말이야 소녀가 내 눈앞에 서 있게 되었는데, 처음엔 놀란 표정이었어. 그다음엔 화가 난 표정이더니, 마침내는 당황한 얼굴이 되는 거야. 그러다가 갑자기 미소를 짓기 시작했어. 정말 화사한 미소였어. 인사를 하는 것 같았는데 눈으론 정말 윙크까지 보냈지만 동시에 가벼운 비웃음을 보내는 것처럼 나와 그 아이를 떼어놓은 물을 발끝으로 찰싹찰싹 차기까지 하는 거야. 그러고 난 후 젊고 늘씬한 육체를 곧추세우는 거야, 마치 자신의 아름다움을 뻐기는 듯한 태도였지. 그리고 쉽게 눈치챌 수 있었겠지만 번뜩이는 내 시선이 자기 몸 위에 붙박여 있는 것을 알고는, 소녀의 눈빛이 의기양양해지며 매혹적으로 생기가 도는 게 아니겠어. 우리는 아마 10초 동안 입을 반쯤 벌린 채 이글거리는 눈빛으로 서로를 마주 보았어. 엉겁결에 난 그녀에게 손을 뻗었지, 그녀 눈에서 헌신과 환희의 빛을 읽을 수 있었어. 그런데 갑자기 그 여자아이는 머리를 세차게 도리질하더니 팔 하나를 벽에서 떼어내 손짓으로 그곳을 떠나라고 명령했어. 그리고 내가 뜸을 들이며 곧바로 움직일 생각을 않자, 그녀의 어린애 같은 두 눈에 몸을 돌릴 수밖에 없을 만큼 절박한 부탁과 애원의 빛이 어리는 것이었어. 난 가능한 한 재빨리 내 길을 계속 갔어. 단 한 번도 뒤를 돌아보지 않았어. 그러나 그건 말이야, 그녀를 배려해서도 아니고 그녀의 명령에 순종해서도 아니야. 그렇다고 무슨 기사도 정신에서 그랬던 것도 아니야. 그 이유는 단지, 그 아이의 마지막 눈빛에서 내가 여태껏 체험한 그 모든 걸 뛰어넘는 흔들림을 느꼈기 때문에 난 민절해서 쓰러질 뻔했어." 프리돌린은 입을 다물었다.

"그 후에도 얼마나 자주" 초점 없는 눈빛으로 앞을 멍하니 내다보던 알베르티네가 밋밋한 목소리로 물었다. "똑같은 길을 걸어갔어?"

"내가 이야기한 이 일은" 프리돌린이 대답했다. "우연히도 우리가 덴마크에서 머물던 마지막 날이었어. 다른 상황이었더라면 어찌 됐을까, 나 역시 모르겠어. 당신도 더 이상 묻지 말아, 알베르티네."

그는 아직까지도 창가에 서서 꼼짝하지 않았다. 알베르티네는 몸을 일으켜 그에게 가까이 갔다. 그녀의 눈은 축축하게 젖어 어두웠고, 이마엔 가벼운 주름이 드리워져 있었다. "지금부터 그런 일이 있으면 언제나 그 자리에서 서로 얘기하도록 해, 알았지?" 그녀가 말했다.

그는 말없이 고개만 끄덕였다.

"약속해줘."

그는 그녀를 가슴으로 끌어안았다. "꼭 말로 해야 아나?" 그가 물었다. 그러나 그의 음성은 여전히 굳어 있었다.

알베르티네는 프리돌린의 두 손을 잡아 어루만지며 눈물이 그렁그렁한 눈으로 그를 올려다보았다. 프리돌린도 알베르티네의 두 눈을 들여다보았고, 그 밑바닥에 있는 그녀의 생각을 읽을 수 있었다. 이 순간 그녀는 그의 또 다른 경험들, 총각 시절에 그가 실제로 만났던 여자들을 생각하고 있었다. 알베르티네는 그의 총각 시절 경험들을 적지 않게 알고 있었다. 결혼 후 몇 년 동안 그녀의 질투 어린 호기심에 너무 고분고분 응해주는 바람에 그는 적지 않은 경험들을 털어놓았고, 떳떳지 못한 비밀들을 덜컥 내주었다는 느낌이 종종 들 때마다 이런 것은 차라리 혼자 간직했어야 옳았다는 생각을 떨칠 수 없었다. 지금 이 순간에도 적지 않은 회상들이 그녀의 내면에 필연적으로 떠오르고 있음을 프리돌린은 잘 알고 있었다. 그렇기 때문에 알베르티네가 마치 꿈을 꾸고 있는 듯이 그의 옛 애인들 중 반쯤 잊고 지내던 한 여자의 이름을 입 밖에 꺼냈을 때, 그는 그다지 놀라지 않았다. 그러나 그것은 일종의 질책, 아니 가벼운 협박처럼 들렸다.

프리돌린은 그녀의 두 손을 끌어당겨 자신의 입술에 갖다 댔다. "모든 여자들 중에서, 진부한 말처럼 들릴지 모르지만 날 믿어줘. 내가 사랑한다고 생각했던 모든 여자들 중에서, 난 언제나 당신만을 찾고 있었어. 당신이 이해할 수 있는 것보다 나 스스로가 이걸 더 잘 알고 있어, 알베르티네."

알베르티네는 알 수 없는 미소를 지었다. "그런가, 그럼 내가 먼저 남자를 찾아 나설 맘이 있었더라면 그땐 어떻게 되었을까?" 그녀가 말했다. 그녀의 눈빛이 변했다, 차갑게 바뀌어 속을 들여다볼 수 없었다. 프리돌린은 그녀의 거짓과 부정행위를 현장에서 잡아냈다는 듯 쥐고 있던 그녀의 손을 슬그머니 놓아버렸다. 그녀가 말을 이어갔다. "아아 남정네들이 뭘 좀 알아야 말을 해주지." 그녀는 다시 침묵을 지켰다.

"우리가 뭘 좀 알아야,라니? 도대체 그게 무슨 뜻이야?"

여느 때와는 달리 알베르티네가 냉혹하게 쏘아붙였다. "당신 스스로 생각한 것과 비슷한 얘긴데, 것도 몰라?"

"알베르티네…… 그러니까 당신, 내게 뭔가 숨기고, 말해주지 않은 게 있단 말이야?"

그녀는 고개를 끄덕이더니 이상야릇한 미소와 함께 멍하니 앞을 내다보았다. 납득할 수 없는, 말도 안 되는 의심이 그의 마음속에 솟구쳐 올랐다.

"난 제대로 이해할 수 없어." 그가 말했다. "우리가 약혼했을 때 당신은 열일곱 살도 채 안 되었잖아."

"열여섯은 넘었어, 프리돌린. 게다가" 그녀는 그의 눈을 들여다보며 말했다. "내가 숫처녀로 당신 아내가 된 것도 알고 보면 내가 뭐 그러고 싶어서 그런 줄 아나 봐."

"알베르티네……!"

그러나 그녀는 이야기를 멈추지 않았다.

"우리가 약혼하기 직전 뵈르터* 호숫가에서 생긴 일이야, 프리돌린. 어느 아름다운 여름날 저녁이었지, 정말 잘생긴 젊은 남자가 내 창가에 서 있지 뭐야. 창문 밖으론 커다란 초원이 광활하게 내다보였고, 우린 서로 한가롭게 이야기 나눴지. 난 대화를 나누고 있는 도중에 이런 생각을 했어. 자아, 내가 무슨 말을 하려고 했었는지 지금부터 곰곰이 생각하며 잘 들어봐. 이 젊은 남잔 정말 멋있고 매혹적이야. 그래 바로 이 남자야. 지금 이 남자가 그냥 한마디 말만 해준다면, 물론 제대로 된 말이어야 하지. 그럼 난 이 남잘 따라 초원 위로 나갈 거야. 아니, 그가 원하는 곳이면 어디로든 함께 산책을 하겠어. 혹시 숲속으로, 아나 그보다 더 멋진 것은 둘이 함께 작은 보트를 타고 호수 한가운데로 나가는 거야. 그러면 이 남잔 오늘 밤 내게서 모든 걸 다 가질 수 있을 텐데, 이 남자가 그저 원하기만 한다면. 그랬었지. 난 정말 그렇게 생각했었어. 그러나 그 남잔 그 말을 입 밖에 꺼내지도 않더라고. 정말 매혹적인 젊은 남자였는데. 그 남자는 그저 내 손에 부드럽게 입만 맞추고, 그리고 그다음 날 내게 물었지. 내가 자기의 아내가 되길 바라는지, 그래서 난 그냥 예라고 대답해버렸지, 뭐."

프리돌린은 불쾌하다는 듯 그녀의 손을 놓아버렸다. "그런데 만일 그날 저녁" 그가 말을 이었다. "우연히 어떤 다른 남자가 말이야. 그 창가에 서 있었고, 그 남자에게 제대

---

* 잘츠부르크 인근의 유명 휴양지.

로 된 그 말이 떠올랐다고 해봅시다. 예를 들면……" 프리돌린은 어떤 남자의 이름을 대야 할지 골똘하게 생각해봤다. 그 순간 알베르티네는 쓸데없는 짓은 그만두라는 듯 벌써 손을 내젓고 있었다.

"어떤 다른 남자, 그가 누구든 무슨 상관이야. 누가 되었든 자기가 원하는 것을 말할 수 있었겠지. 하지만 헛수고야. 그날 창문 앞에 서 있던 그 남자가 당신이 아니었으면." 알베르티네는 그를 올려다보며 활짝 미소를 지었다. "만일 그랬더라면 그 여름날 저녁이 그렇게 아름다울 리 없었을 테니깐."

프리돌린은 비웃듯이 입술을 삐쭉거렸다. "그러니까 지금 이 순간에 당신이 말하려는 것은, 그러니까 당신이 이 순간 생각한 것은 혹시, 그러니까 으음……"

그때 문을 두드리는 소리가 났다. 하녀가 방 안으로 들어와 슈라이포겔 거리에서 가정부가 찾아왔다고 전해주었다. 궁중 고문관의 상태가 다시 악화되어 의사 선생님을 모셔가려고 왔다는 것이다. 프리돌린은 현관 대기실로 가서 하녀로부터 궁중 고문관이 심장 발작을 일으켜 고통을 받고 있으며 상태가 매우 위독하다는 소식을 들었다. 프리돌린은 당장 그곳으로 가겠다고 약속했다.

"정말 나가려고 그래?" 그가 서둘러서 외출 준비를 미치자 알베르티네는 화난 목소리로 물었다. 마치 일부러 그녀에게 부당한 짓을 하려는 것 아니냐는 투였다.

프리돌린은 그녀의 말투에 상당히 놀란 듯이 대답했다.
"가야만 하잖아, 잘 알면서."

그녀는 가볍게 한숨을 지었다.

"아마 그렇게 심각하진 않을 거야." 프리돌린이 말했다.
"지금까진 모르핀 주사 3밀리리터로도 문제없이 발작이 가
라앉곤 했으니까."

하녀가 모피 코트를 가져왔다. 프리돌린은 조금 전의 대
화가 기억에서 이미 지워져버렸다는 듯이 알베르티네의 이
마와 입술에 건성으로 키스를 하고 서둘러 그곳을 떠났다.

제2장

길을 나서자 그는 모피 코트 앞섶을 열어야만 했다. 갑자기 따뜻한 날씨가 들이닥쳐 보도 위의 눈도 거의 녹아 없어졌고, 바람결에 다가오는 봄의 기운을 느낄 수 있었다. 요제프 구역, 종합병원 근처에 위치한 프리돌린의 집에서 슈라이포겔 거리로 들어서는 데는 15분이 채 걸리지 않았다. 프리돌린은 낡은 그 집에 도착하여, 불빛이 희미하게 비치는 나선형 계단을 따라 3층으로 올라가서 초인종을 잡아당겼다. 그러나 고풍스러운 종소리가 채 울리기도 전에 현관문이 잠겨있지 않고 그저 살짝 걸쳐 있기만 하다는 걸 알았다. 불이 꺼진 현관 대기실을 거쳐 거실로 들어선 그는 너무 늦게 왔음을 이내 깨달았다. 초록색 갓을 씌운 석유등이 낮은 천장에 매달려 있어서, 그 불빛이 침대 시트 위를 흐릿하게 비추고 있었다. 시트 밑에는 바짝 마른 육신이 꼼짝도 하지 않고 길게 누워 있었다. 죽은 남자의 얼굴에 그림자가 드리워져 있었다. 그러나 프리돌린에게는 너무나도 낮이은 얼굴이러서 모든 것이 또렷이 보이는 것만 같았다. 깡마르고 주름살투성이인 훤칠한 이마, 하얗게 센 짧은 턱수염 그리고 흰색 털이 뒤덮인 유난히 못생긴 귀, 궁중 고문관의 딸 마리안네는 양손을 힘없이 늘어뜨리고 침대 발치에 앉아 있었다. 너무나 지쳐 있는 것 같았다. 방 안에는 낡은 가구, 의약품, 석유, 부엌 냄새가 물씬 풍겼다. 오데 코롱 향수와 장미 비누 냄새도 역시 그 속에 약간 섞여 있었다. 프리돌린은 이 창백한 소녀에게서도 무미건조하면서 달착지근한 냄새가 난다는 것을 알았다. 그녀는 아직 젊은 나이였지만 몇 달 전부터, 아니 몇 년 전부터 힘든 집안일, 고역스러운 환자 간호와 밤샘 병구완으로 천천히 시들어가고 있었다.

의사 프리돌린이 방 안에 들어서자 그녀는 그에게 눈길을 주지 않고 고개를 돌려버렸다. 평소 자신이 나타날 때처럼 그녀의 뺨이 붉어졌는지는 침침한 불빛 아래서 거의 알아볼 수 없었다. 그녀는 자리에서 몸을 일으키려 했지만 프리돌린은 손짓으로 이를 만류했다. 커다랗고 어두운 눈을 들어 그녀가 인사를 건넸다. 그는 침대 머리맡으로 다가가 죽은 사람의 이마와 손을 기계적으로 만져보았다. 그 사람의 양손은 넓은 소매통에서 삐져나와 침대 시트 위에 널브러져 있었다. 프리돌린은 가벼운 유감의 표시로 양어깨를 늘어뜨리고, 모피 코트 주머니에 손을 찔러 넣고서 방 안을 이리저리 둘러보았다. 마침내 그의 시선이 마리안네에게 머물렀다. 그녀의 머리카락은 숱이 많은 금발이었지만 푸석푸

석했고, 목은 예쁘고 가늘었지만 주름살이 전혀 없지 않았으며 누런빛마저 돌고 있었다. 입 밖으로 꺼내지 못한 수많은 말을 억제하려는 듯 그녀의 입술은 굳게 닫혀서 가늘어 보였다.

"자아, 이제는" 프리돌린은 당황한 듯 속삭이는 목소리로 말했다. "우리 아가씨, 아무 준비 없이 닥친 일은 아니겠지요."

그녀는 그에게 손을 내밀었다. 그는 동정심에 가득 차 그녀의 손을 마주 잡았고, 의사의 직무에 걸맞게 죽음으로 끝을 맺은 마지막 발작 과정에 대해 물어보았다. 그녀는 사실대로 짧게 설명했고, 프리돌린이 환자를 보지 못했던 마지막 며칠 동안은 비교적 상태가 좋았다고 말했다. 프리돌린은 의자 하나를 끌어다가, 마리안네를 마주 보고 앉아 아버지가 마지막 순간에는 고통을 거의 받지 않았을 것이라고 위로해주었다. 그런 후에 친척들에게 연락했는지를 물어보았다. 그녀는 그렇다고 대답했다. 가정부는 삼촌에게 가고 있는 중이고, 어쨌든 뢰디거 박사가 곧 나타날 것이라고 하면서 "제 약혼자예요"라는 말을 덧붙였다. 그리고 그녀는 프리돌린의 눈을 들여다보는 대신에 그의 이마를 쳐다보았다.

프리돌린은 고개만 끄덕거렸다. 1년에 두세 차례 정도 이 집에서 뢰디거 박사와 마주쳤었다. 그는 지나치게 말랐고 핏기가 없는 청년이었다. 금빛 턱수염을 짧게 기르고 안

경을 썼으며 빈 대학교 역사학과 강사인 그가 제법 마음에
들긴 했지만, 그 이상의 흥미를 불러일으키진 못했었다. 마
리안네가 차라리 자신의 애인이었다면 지금보다는 몰골이
나았을 것이라고 프리돌린은 생각했다. 그녀의 머리칼이 이
렇게 푸석거리지 않았을 것이고, 그녀의 입술도 더 핏기가
돌고 더 풍만했을 것이라고 생각했다. 도대체 몇 살이나 됐
지? 프리돌린은 혼잣말로 계속 물어보았다. 내가 처음 궁중
고문관에게 불려왔을 때가 2년 전인가 3년 전이었고, 그녀
나이는 당시 스물셋이었지. 그때는 그녀의 어머니도 아직
살아 있었다. 어머니가 있었을 때만 해도 그녀는 생기발랄
했었는데. 성악 레슨도 아마 제법 오랫동안 받았었다지? 그
러다가 이제 와서 그 대학 강사 양반하고 결혼하게 되었다
그거지. 이유가 뭐야? 그 남자와 사랑에 빠진 것은 분명 아
닐 테고, 그렇다고 그 친구가 돈이 많은 것 같지도 않은데.
그렇게 결혼해서 장래에 뭐가 되려고 그럴까? 이젠 별수 있
겠어, 그렇고 그렇게 살아가겠지. 내가 걱정해서 뭐 하겠어.
그녀를 평생 못 만날지도 모르는데, 이 집에서 내가 할 일이
더 이상 없으니까 말이야. 아아, 한때 그녀보다 더 친밀하게
지냈던 사람들 중에서 내가 두 번 다시 보지 못한 이들도 숱
한 판국에.

이런 생각들이 그의 머리를 스쳐 가는 동안 마리안네는
죽은 사람에 대해 말하기 시작했다. 죽음이라는 단순한 사

26

실이 일순간에 그를 주목할 만한 인간으로 변모시키기나 한 것처럼 호소하는 말투였다. 그래, 정말 겨우 쉰네 살밖에 안 되었나? 당연한 일이지. 근심과 실망의 연속이었다니까, 부인은 언제나 병치레였고, 아들 녀석은 그토록 애물단지였다니! 뭐라고, 그러니까 그녀에게 오빠가 있었나? 맞아. 언젠가 한번 그녀가 박사에게 이야기하는 걸 들은 적이 있어. 오빠는 지금 외국 어딘가에 살고 있고, 저기 마리안네의 골방에 그림이 하나 걸려 있는데 그것은 오빠가 열다섯 살 때 그린 것이라고 했다. 언덕을 뛰어내려 돌진하는 장교 한 사람이 그려져 있는 그림으로, 아버지는 언제나 그 그림이 안중에도 없다는 듯이 행동하셨다는 거다. 하지만 그 그림은 제법 잘 그린 것이고, 환경만 조금 좋았더라면* 오빠가 그림 공부를 제대로 해볼 수도 있었을 거라고 했다.

왜 이렇게 흥분해서 이야기할까, 프리돌린은 생각했다. 게다가 그녀의 눈빛은 불타는 것 같았다! 열이 있나? 그럴 만도 하지. 요즘 들어 그녀는 더욱 수척해졌어. 아마 폐첨 카타르**일 거야.

그녀는 여전히 말을 계속했지만, 누구를 상대로 말하고

* '아버지의 반대만 없었더라면'의 의미.
** 폐에 발생하는 카타르성 염증으로, 전신의 면역력 감소가 원인이지만 자각 증상은 없음.

있는지 그 자신도 제대로 모르는 것 같았다. 아니면 그녀 스스로 혼잣말을 하고 있는지도 몰랐다. 12년 동안 오빠는 집을 떠나 있었다. 그렇다면 그가 갑자기 사라졌을 때 그녀는 아직 어린애였을 것이다. 4년 전인가 5년 전 크리스마스에 보내온 소식이 마지막이었다. 이탈리아의 어느 조그만 도시에서. 이상하게도 그녀는 그 도시 이름을 더 이상 기억하지 못했다. 이런 식으로 그녀는 한참 동안 별로 관심 없는 일들을 늘어놓았다. 굳이 필요한 이야기도 아니고, 거의 앞뒤 연관 관계가 없는 횡설수설이었다. 그러다가 그녀는 갑자기 말을 멈추더니 머리를 양손에 파묻고 입을 다물었다. 프리돌린은 피곤한 데다 지루하기까지 했다. 누군가가 와주기를 간절히 기다렸다. 친척이나 아니면 약혼자라도. 침묵이 방 안을 무겁게 짓눌렀다. 죽은 남자가 자신들과 함께 침묵을 지키고 있는 것만 같았다. 이 순간 죽은 사람은 더 이상 말을 할 수 없다는 생각이 드는 것이 아니라, 일부러 입을 다물고 해코지를 즐기는 것만 같았다.

곁눈질로 죽은 남자를 쳐다보며 프리돌린이 말했다. "어쨌든 이젠 돌이킬 수 없는 일이 되었으니, 마리안네 양, 당신은 더 이상 이 집에 오래 머물 필요가 없겠군요. 잘된 일이겠지요." 이 말을 하는 동안 그녀는 머리를 살짝 들었지만 프리돌린을 올려다보진 않았다. "당신 약혼자는 곧 교수 자리를 얻겠지요. 인문대학의 경우에는 우리보다 사정이 나으니까요." 이런 말을 하며 프리돌린은 몇 년 전을 생각했다. 당시만 해도 자신 역시 학문의 길을 가려고 노력했지만, 안락한 삶을 바라는 성향 때문에 결국 개업의를 택했었다. 월등하게 앞서 있는 뢰디거 박사와 비교해보면 자기 자신이 갑자기 별 볼 일 없는 사람처럼 여겨졌다.

"가을에 우린 이사를 가요." 마리안네가 말했다. 차분한 목소리였다. "그이가 괴팅겐 대학으로 초빙되었거든요."

"아, 그렇군요." 프리돌린이 말했다. 그는 축하 인사를 덧붙이고 싶었지만, 지금 이 순간의 분위기에는 어울리지 않는 것 같았다. 그는 닫혀 있는 창문에 시선을 던졌다. 그리고 의사의 권리를 행사라도 하는 듯이 상대의 양해도 구하지 않고 덧창 두 쪽을 열어 신선한 공기를 들어오게 했다. 바깥 공기는 그사이 훨씬 더 포근해지고 봄기운이 더욱 완연해져 저 멀리 생명이 소생하고 있는 숲에서 쾌적한 향기를 날라다 주는 것 같았다. 그가 다시 방 안으로 몸을 돌렸을 때 마리안네의 눈이 지금 무엇을 하고 있느냐는 듯 자신을 향해 있는 것을 보았다. 그는 그녀에게 가까이 다가가서 토를 달았다. "신선한 공기가 당신 기분을 좋게 해줄 겁니다. 이젠 날씨가 정말 따뜻해졌어요. 어제저녁만 해도" 그는 계속해서 '우리는 눈보라 속에서 마차를 타고 무도회장에서 집으로 돌아왔었는데'라고 말하려다가, 순식간에 문장을 바꿔 붙였다. "어젯밤엔 눈이 50센티미터나 길에 쌓여 있었지요.”

그녀는 그의 말에는 거의 귀 기울이지 않았다. 그녀의 눈이 축축해지더니 커다란 눈물방울이 두 뺨 위로 흘러내려 뚝뚝 떨어졌고, 그러자 그녀는 다시 두 손에 얼굴을 파묻었다. 자신도 모르는 사이에 그는 그녀의 머리 위에 손을 얹고 이마를 쓰다듬었다. 그녀의 온몸이 들썩거리더니 속으로 흐느끼기 시작했다. 처음에는 울음소리를 거의 들을 수 없었지만, 점점 커지더니 결국 걷잡을 수 없게 되었다. 순식간에 그녀는 미끄러지듯 의자에서 내려와 프리돌린의 발에 엎드려 그의 무릎을 두 손으로 부둥켜안고 거기에 얼굴을 파묻었다. 그러고 난 후 그녀는 고통에 찬 격정적인 큰 눈으로 그를 올려다보며 열에 들뜬 목소리로 속삭였다. “전 여기를 떠나고 싶지 않아요. 당신이 여기에 다시 못 오신다 해도, 당신을 더 이상 뵐 수 없다 해도 저는 당신 곁에서 살고 싶어요.”

그는 놀랐다기보다는 깊은 감동을 받았다. 그녀가 자신을 사랑하고 있음을 잘 알고 있었기 때문에, 아니 그럴 것이라고 스스로 상상하고 있었기 때문이다.

“제발 그만 일어서요, 마리안네.” 그는 낮은 목소리로 말하고 몸을 숙여 그녀를 부드럽게 일으켜 세우며 생각했다. 물론 히스테리 증상도 섞여 있겠지. 그는 시선을 돌려 죽은 아버지를 쳐다보며 생각했다. 혹시 저 남자가 이 모든 이야길 엿듣고 있는 건 아닐까. 혹시 아직도 가사 상태이진 않을까? 혹시라도 모든 인간은 사망한 후 몇 시간 동안은 그저 가사 상태에 빠져 있는 건 아닐까……? 그는 마리안네를 품 안에 끌어안았지만 동시에 어느 정도 거리를 두었고, 무의식중에 그녀의 이마에 입을 맞추었다. 이러한 자신의 행동이 스스로에게도 약간 우습게 여겨졌다. 몇 년 전에 읽은 어떤 소설의 장면 하나가 머릿속을 스쳐 지나갔다. 아주 젊은 남자, 소년이나 다름없는 아이가 죽은 어머니가 누워 있는 침대 옆에서 여자 친구로부터 유혹을 받는, 아니 실제로는 강간을 당하는 장면이었다. 바로 이 순간 프리돌린은 무슨 이유에서인지 아내를 생각하지 않을 수 없었다. 그녀에 대한 씁쓸한 분노가 솟구침과 동시에 덴마크에서 노란 손가방을 들고 호텔 계단에 서 있었다는 그 사내에 대한 막연한 증오가 치밀어 올랐다. 프리돌린은 마리안네를 더 세게 끌어안았다. 그러나 아무런 흥분도 느끼지 못했다. 오히려 윤기 없이 푸석거리는 머리칼이 눈앞에서 너울거렸고, 통풍이 안 된 옷에서는 달짝지근하면서도 밋밋한 냄새가 피어올라 가벼운 거부감마저 일어났다. 바깥에서 종소리가 울리자 그는 구원을 받은 것 같았다. 고마움을 표시라도 하려는 듯 마리안네의 손에 재빨리 입을 맞추고 문을 열기 위해 밖으로 나갔다. 문에 서 있는 사람은 뢰디거 박사였다. 짙은 회색빛 망토에 목이 긴 장화를 신고 손에는 우산을 들고 있었다. 얼굴에는 상황에 걸맞은 진지한 표정이 어려 있었다. 두 신사는 고개를 숙여 서로 인사를 나누었다. 평소 두 사람의 실제 관계보다 더 친밀한 인사였다. 그런 후 두 사람은 방 안으로 들어왔다. 뢰디거는 당혹스러운 시선으로 죽은 남자를 바라본 후 마리안네에게 조의를 표했다. 프리돌린은 사망진단서를 작성하기 위해 옆방으로 가서 책상 위의 가스등 불꽃을 키웠다. 하얀 제복을 입은 장교가 그려진 그림이 눈에 들어왔다. 머리 위로 칼을 휘두르며 언덕을 뛰어내려 보이지 않는 적을 향해 돌진하고 있었다. 그림은 폭이 좁은 고풍스러운 황금빛 액자에 끼워져 있었지만, 평범한 유화와 비교한다 해도 더 좋아 보이지는 않았다.

프리돌린은 사망진단서를 작성하여 손에 들고 다시 옆방으로 갔다. 아버지의 침대 옆에 신랑과 신부가 손을 맞잡은 채 앉아 있었다.

다시 현관 종소리가 울리자 뢰디거 박사가 몸을 일으켜 문을 열러 나갔다. 그사이 마리안네는 바닥을 바라보며 거의 들리지 않는 목소리로 말했다. "당신을 사랑해요." 프리돌린은 단지 마리안네의 이름을 부르는 것으로 대답을 대신했다. 그러나 애정을 완전히 감춘 목소리는 아니었다. 뢰디거가 나이 지긋한 부부와 함께 다시 들어왔다. 마리안네의 삼촌 부부였다. 정황에 걸맞은 몇 마디 말들이 오갔고, 조금전에 사망한 사람이 아직 곁에 있을 때 그 주위에서 감도는 당혹감이 그 말 속에 섞여 있었다. 작은 방 안이 갑자기 조문객으로 넘치는 것 같았다. 프리돌린은 더 이상 이 자리에 있을 필요가 없다는 생각이 들어 작별 인사를 했다. 뢰디거가 문까지 배웅해주었다. 그는 몇 마디 감사의 말을 해야 한다는 의무감을 느꼈는지, 머지않아 다시 만나길 희망했다.

제3장

프리돌린은 대문 앞에 서서 자신이 조금 전에 열어놓은 창문을 올려다보았다. 때 이른 봄바람에 덧문이 가볍게 흔들리고 있었다. 저기 저 위에 남아 있는 모든 사람들, 죽은 그 남자와 마찬가지로 살아 있는 사람들마저도 그 존재 방식에 있어서는 서로 구별되지 않는 유령처럼 느껴져 실체가 없는 것 같았고, 그 자신만이 가까스로 몸을 빼내 살아 나온 것처럼 여겨졌다. 어떤 체험으로부터 빠져나왔다기보다는 오히려 음울한 마술로부터, 자기 자신을 지배해서는 안 되는 마술로부터 빠져나온 것만 같았다. 유일하게 남아 있는 후유증이라면 이상하게도 집에 가고 싶은 마음이 없다는 것이었다. 길 가운데에 남아 있던 눈마저 녹아버렸고, 길 왼편과 오른편으로 더러워진 눈 더미가 겹겹이 쌓여 있었다. 가로등의 가스 불꽃이 펄럭였고 근처의 교회에서 11시를 알리는 종소리가 났다. 프리돌린은 잠자러 가기 전에 우선 집 근처의 조용한 카페 구석 자리에서 30분 정도 시간을 보내기로 작정하고 시청 앞 공원을 가로지르는 길로 들어섰다. 그림자가 드리워진 공원 벤치 이곳저곳에는 연인들이 꼭 껴안은 채 앉아 있었다. 정말로 봄이 벌써 와 있고, 이상하리만큼 따뜻한 공기 속에 아무런 위험도 잉태되어 있지 않다는 태도들이었다. 어떤 벤치 위에는 한 사람이 길게 몸을 뻗고 누워 있었다. 모자를 이마까지 푹 눌러쓰고 거의 너덜너덜해진 옷을 입고 있었다. 내가 이 남자를 깨워 오늘 밤 숙박비에 쓰라고 돈을 준다면? 프리돌린은 생각했다. 아아, 그렇게 하면 어떻게 될까? 그는 계속 따져보았다. 그러면 내일도 숙박 장소를 또 신경 써줘야만 해, 그렇게 하지 못할 거라면 아무런 의미가 없는 거니까. 그렇게 계속하다 보면 결국 내가 이 남자와 어떤 범죄 관계를 맺고 있을 거라는 의심을 받게 될 거야. 이런 생각 끝에 그는 모든 양상의 책임과 유혹으로부터 가능한 한 빨리 벗어나려는 듯이 발걸음을 재촉했다. 왜 하필이면 저 남자야? 그는 스스로에게 물어보았다. 저 정도로 불쌍한 녀석들이라면 빈에만도 수천 명은 될 텐데. 그 모든 녀석들에게 다 신경 쓰고자 하다니, 알지도 못하는 사람의 운명에 모두 말이야! 그런 생각이 들자 조금 전에 떠나왔던 죽은 남자가 머릿속에 떠올랐다. 갈색 플란넬* 덮개 밑에 길게 드러누운 깡마른 육체, 그 속에서 부패와 소멸이라는 만고불변의 법칙이 이미 일을 개시했다는 생각이

* 털실, 면, 레이온의 혼방사로 짠 능직 또는 평직물.

들자, 사뭇 소름이 끼쳤고 메스꺼움도 없지 않았다. 그는 자신이 아직 살아 있다는 것이 기뻤다. 모든 개연성에 비춰봐도 혐오스러운 모든 일은 아직 머나먼 남의 일이란 사실이 기뻤다. 말할 나위 없이 그는 아직도 한창 청춘이었다. 그에게는 지금 매력적이고 사랑스러운 여자가 한 명 있고, 마음만 먹으면 또 다른 여자를 하나 더, 아니 수많은 여자를 가질 수도 있었다. 물론 그렇게 되려면 지금 자신에게 허용된 것보다는 시간적인 여유가 더 많아야 했다. 그의 머릿속에 내일 일정이 떠올랐다. 아침 8시 정각부터 병원 근무, 11시부터 오후 1시까지 개인 환자 방문, 오후 3시부터 5시까지 진찰, 그리고 초저녁에 환자 방문이 몇 건 더 예정되어 있었다. 자, 이제는 한밤중에 불려 나가는 일만큼은 또다시 없기를 바랄 뿐.

그는 시청 앞 광장에 들어섰다. 광장은 연한 갈색 연못처럼 음산하게 빛났다. 그는 광장을 가로질러 고향처럼 낯익은 요제프 구역으로 몸을 돌렸다. 저 멀리서 둔탁하고 규칙적인 발소리가 들렸다. 아직은 상당히 멀리 떨어진 곳의 길모퉁이를 막 돌아서, 색깔 모자를 쓴 대학생*들이 무리를 지어 가까이 오고 있는 것이 보였다. 전체 숫자는 여섯 아니

* 마초적인 기질, 영웅적 행위를 내세우는 극우 대학생 조합으로 색깔이 있는 모자를 즐겨 씀.

면 여덟 명 정도였다. 젊은 패거리들이 가로등 불빛에 들어서는 순간, 푸른색 모자의 알레만* 복장을 한 대학생들도 그들 사이에 섞여 있음을 본 것 같았다. 그 자신은 단 한 번도 어떤 학생 조직에 가입한 적이 없었다. 그러나 그 당시만 해도 이미 몇 차례 검투를 벌여 상대를 굴복시킨 적도 있었다. 이런 대학 시절의 회상과 연결되어 빨간색 도미노들이 그의 머릿속에 다시 떠올랐다. 어젯밤 그 여자들은 자신을 특별석으로 유혹해놓고 무례하게도 곧장 그 자리를 떠나버린 것이었다. 대학생들은 이제 아주 가까이에 와 있었고 큰 소리로 떠들며 웃어 젖혔다. 혹시 이놈들 중 어떤 한 녀석 또는 몇 놈을 병원에서 본 적은 없을까? 하지만 불분명한 조명 아래에서 그들의 얼굴 생김새를 똑바로 알아본다는 것은 불가능했다. 그들과 부딪히지 않기 위해 그는 담에 몸을 바짝 붙이고 걸어야만 했다. 이제 그들은 옆을 지나가고 있었다. 무리의 끝에는 멀쑥하게 키 큰 녀석이 있었다. 겨울 외투를 풀어 젖히고 왼쪽 눈에 붕대를 두른 이 녀석은 분명 의도적으로 그 자리에 조금 뒤처져 서 있는 것처럼 보이더니, 갑자기 팔꿈치를 옆으로 뻗어 그를 툭 쳤다. 우연히 그럴 수는 없었다. 이 새끼가 뭔 짓이야, 프리돌린은 이런 생각을 하며 자신도 모르게 그 자리에 우뚝 섰다. 두 걸음 정도 뒤

* 중세 초기 라인 강 상류 지역에 거주하던 독일인을 지칭한다.

에서 따라오던 또 다른 녀석이 똑같은 짓을 하자, 두 사람은 어느 정도 거리를 두고 서로의 눈을 잠시 동안 노려보다가, 돌연 프리돌린이 먼저 몸을 돌리고 계속 걸어가버렸다. 그의 등 뒤에서 짧은 웃음소리가 들렸다. 이 애송이 새끼를 마주 보기 위해 하마터면 몸을 돌릴 뻔했다. 그는 평상시와는 다른 심장박동을 느꼈다. 12년 전인가, 아니 14년 전, 바로 그때와 똑같았다. 고상하게 생긴 여자애와 함께 있을 때 누군가 방문을 쾅쾅 두드려댔는데, 그때와 똑같은 심장박동이었다. 그 여자애는 멀리 떨어져 있는, 아예 있지도 않은 것 같은 약혼자에 대한 농담을 거리낌 없이 늘어놓았기 때문에 더욱 그랬었다. 그렇게 위협적으로 방문을 두드린 사람은 사실 우편배달부에 불과했다. 바로 그때 그 순간처럼 그의 심장이 지금 쿵쾅거리고 있었다. 이게 무슨 꼴이야, 프리돌린은 화를 내며 스스로에게 되물었지만 그의 무릎이 약간 떨리고 있음을 깨달았다. 내가 겁쟁이처럼 굴었나……? 무슨 허튼소릴, 그는 자문자답했다. 술 처먹은 대학생 놈들을 맞상대해서 뭐 하겠어. 내가 말이야, 나는 서른다섯 살이나 된 어른이고, 개업을 한 의사에 결혼까지 했고 한 아이의 아버지인 이 몸이! 결투 신청! 입회 증인들! 결투! 그리고 결국 멍청한 싸움질을 하다가 팔뚝에 상처라도 입게 되는 날이면? 그래서 몇 주 동안 업무를 볼 수 없게 된다면? 아니, 한쪽 눈깔이라도 잃게 되면? 아니, 패혈증이라도 걸리면? 그러면 8일 후엔 슈라이포겔 거리의 그 노인네처럼 갈색 담요를 뒤집어쓰는 신세지 뭐! 그런데도 내가 겁쟁이란 말이야? 세 번씩이나 칼로 결투를 벌여 끝장을 내주고, 게다가 한 번은 권총 결투까지 할 준비가 다 되어 있었는데도 말이야. 그래, 당시 그 결투가 무산된 건 내가 직접 사주한 것도 아니었어. 그런데도 내가 겁쟁이란 말이야? 그리고 내 직업은 또 어떻고! 사방팔방이 위험투성이야. 그저 언제나 잊고 지내니까 망정이지. 디프테리아에 걸린 애가 내 얼굴에 대고 기침한 지는 얼마나 오래됐더라? 바로 3일 아니면 4일 전. 이런 것은 하찮은 칼싸움보다 더 위협적인 거라고. 그런 일을 맘에 두고 있지 않은 이 몸이 그런데도 겁쟁이라고? 지금 당장 그 새낄 다시 마주친다면 이 문제를 깨끗이 처리할 수 있을 텐데. 하지만 그 자식을 다시 마주치려고 자정에 환자를 보러 간다든지, 아니면 보고 와야 할 의무가 있는 것은 아니지, 그러다가 결국 정말 마주칠 경우도 있겠지만 말이야. 말도 안 돼, 그따위 유치한 학생들 싸움에 끼어들어 시비를 가릴 의무는 정말 없지. 그러나 예를 들어 젊은 덴마크 사내, 그 자식이 이쪽으로 걸어온다면, 알베르티네와 함께…… 아 말도 안 돼, 도대체 무슨 상상을? 하지만 지금 이 순간에는, 그녀가 그 자식 애인이나 마찬가지니 난들 어쩔 수 있어? 엎친 데 덮친 격이지. 그래 맞아. 그 자식, 지금 이쪽으로 걸어오기만 해봐라. 오우, 이건 정말 황홀한 광경이네. 그 어딘가 숲속 빈터에서 그 자식과 마주 서서 매끈하게 빗어 내린 금발 머리 이마빡에 권총을 조준해본다면 말이야.

어느 순간 그는 자신이 목적지를 훨씬 지나 좁은 골목 길에 들어왔음을 깨달았다. 몇몇 궁색한 창녀들이 한밤의 남자 사냥을 위해 배회하고 있었다. 모두 실체 없는 유령 같다고 생각했다. 갑자기 푸른색 모자를 쓴 그 대학생도 그의 기억 속에서 유령처럼 보였다. 마리안네도 마찬가지였고, 그녀의 약혼자, 삼촌 부부도 유령처럼 여겨졌다. 이들은 늙은 궁중 고문관이 죽어 있는 침대가에, 손에 손을 맞잡고 빙 둘러서 있는 것처럼 상상되었다. 그리고 알베르티네도 양팔로 목 베개를 한 채 깊은 잠에 빠진 유령의 모습으로 눈앞에서 어른거렸다. 그의 아이, 좁은 하얀색 놋쇠 침대에서 웅크리고 잠들어 있을 아이도, 그리고 왼쪽 관자놀이에 배내 점이 있는 붉은 뺨의 보모마저도…… 그들 모두 아무런 실체 없는 유령 같은 것으로 변했다. 이런 느낌 앞에서 그 역시도 약간 소름이 끼쳤지만, 동시에 뭔가 위안을 받기도 했다. 모든 책임으로부터 자신이 해방되고, 모든 인간관계의 속박으로부터 풀려나온 것처럼 여겨졌기 때문이다.

남자를 찾아 길거리를 배회하던 소녀들 중 한 명이 같이 가자고 말을 걸었다. 아직도 앳된 귀여운 여자애였다. 매우 창백한 얼굴에 새빨간 립스틱이 입술에 발려 있었다. 피차 죽음으로 끝장날 수 있겠군,* 덜컥 쓰러져 그날로 죽지 않으면 그나마 다행이겠지! 그가 생각했다. 이것도 겁쟁이 같은 생각인가? 근본적으로는 그랬다. 그는 자신을 뒤따라오는 발소리를 들었고, 곧 등 뒤에서 그녀의 목소리가 들렸다.

"함께 가지 않겠어요, 닥터 선생니임?"

그는 자신도 모르는 사이에 몸을 돌렸다.

"어떻게 내가 닥터**인 줄 알았어?" 그가 물었다.

"난 선생님을 몰라요." 그녀가 말했다. "하지만 이 동네에선 누구나 다 닥터***인데요, 뭐."

고등학교 졸업 이후로 이런 부류의 여자들과는 어울린 적이 없었다. 이런 여자애가 다 매혹적으로 보이다니, 소년 시절로 갑자기 되돌아가버린 걸까? 그 순간 피상적으로 알고 지냈던 친구 하나가 기억에 떠올랐다. 젊고 세련되었던 그는 여자 복이 환상적으로 많다고 소문이 자자했었다. 대학 시절 무도회가 끝난 후 심야 술집에서 그 친구와 함께 자리한 적이 있는데, 직업상 그곳을 방문한 여자들**** 중 하나를 골라 자리를 뜨는 것이었다. 프리돌린이 놀란 눈빛을 하자 그 친구는 다음과 같이 대꾸했었다. "언제라도 요게 가장 마음 편한 거라고. 게다가 도덕적으로도 가장 나쁜 짓은 아

* 세기 전환기 유럽 사회에 만연했던 성병의 위험을 의미함.
** 의사.
*** 박사.
**** 창녀.

니잖아."

"이름이 뭐지?" 프리돌린이 물었다.

"우리 같은 사람이 뭐 이름이 따로 있겠어요? 그냥 미치*
라고 불러요." 그녀는 이미 열쇠를 돌려 현관문을 열고 난
후였다. 그러더니 복도에 먼저 들어서서 프리돌린이 들어오
기를 기다렸다.

"빨리!" 그가 멈칫거리자 그녀가 말했다. 일순간에 그는
그녀 곁에 따라붙었고 문이 그의 등 뒤에서 닫혔다. 그녀는
문을 걸어 잠그고 작은 양초에 불을 붙여 그의 앞을 비춰주
었다. 내가 미쳤나? 그는 속으로 물었다. 물론 그녀를 건드
릴 생각은 없었다.

방에는 기름 램프가 켜져 있었다. 그녀는 심지를 돋웠
다. 아주 안락한 방이었다. 산뜻하게 꾸며져 있었고, 마리안
네의 거처와 비교해봐도 어쨌거나 훨씬 더 기분 좋은 냄새
가 났다. 당연한 일이었다. 이곳에는 병든 노인네가 몇 개월
동안 누워 있지 않았으니까. 여자애는 넉살이 좋진 않았지
만 미소를 지으며 프리돌린에게 다가왔고, 그는 그녀를 부
드럽게 밀쳐냈다. 그러자 그녀는 그에게 흔들의자를 가리켰
고, 그는 기꺼이 거기에 앉았다.

"무척 피곤하신가 봐요." 그녀가 말했다. 그는 고개를

* Mizzi는 Maria의 별명.

끄덕였다. 그녀는 서두르지 않고 옷을 벗으며 말했다.

"뭐 남자들은 다 그렇죠, 하루 종일 일에 쫓겨 사니까. 그런 데 비하면 우리 같은 사람의 일은 누워서 떡 먹기지 뭐."

그는 그녀의 입술에 화장기가 전혀 없고, 원래 붉은빛을 띠고 있음을 알아채고 칭찬을 했다.

"왜 제가 화장을 해요?" 그녀가 물었다. "제가 대체 몇 살이나 됐다고 생각해요?"

"스무 살?" 프리돌린이 짐작해보았다.

"열일곱." 그녀가 이렇게 말하며 그의 무릎 위에 걸터앉아 어린애처럼 팔로 그의 목을 감싸 안았다.

지금 이 순간 내가 이 방 안에 있을 거라고, 이 세상 누가 짐작이라도 할 수 있을까? 프리돌린은 생각했다. 나 스스로도 한 시간 전, 아니 10분 전까지만 해도 이것이 가능하다고 여겼던가? 그러던 내가 무슨 이유로? 무슨 이유로? 그녀의 입술이 그의 입술로 다가오자 그는 몸을 뒤로 젖혔고, 그녀는 눈을 크게 뜨며 조금 슬픈 눈빛으로 그를 물끄러미 쳐다보다가 그의 무릎에서 내려갔다. 순간적으로 허전한 마음이 들었다. 그녀의 포옹에는 위안을 주는 상냥함이 적잖이 담겨 있었기 때문이다.

그녀는 침대 등받이에 걸쳐져 있던 빨간 나이트가운을 집어 들어 몸에 걸치고 팔짱을 꼈다. 그러자 그녀의 모든 굴곡이 가려져버렸다.

"이젠 괜찮지요?" 그녀는 수줍음을 타는 듯이 농담조가 아닌 목소리로 물었다. 그를 이해하려고 애쓰는 것 같았다. 그는 뭐라고 대답해야 할지 몰랐다.

"네가 제대로 알아냈어." 그가 말을 이었다. "난 정말 피곤해. 그래서 말이야, 여기 이 흔들의자에 앉아서 그냥 네 말을 듣고 있어도 아주 편안해. 네 목소린 정말 사랑스럽고 부드러워. 그냥 뭐든 말해봐, 아무 이야기라도."

그녀는 침대 위에 앉아 머리를 흔들었다.

"당신도 어쩔 수 없이 무서운 거겠지 뭐." 그녀가 낮은 목소리로 말했다. 그런 후에 혼잣말인 듯 거의 들리지 않게 "제기랄!"이라고 덧붙였다.

그녀의 마지막 말 한마디가 그의 피를 들끓게 만들었다. 그는 가까이 다가가 그녀를 껴안으면서 그녀가 자신에게 완전한 신뢰를 주고 있음을 설명하려 했고, 그러는 과정에서 자신의 속마음*까지 털어놓게 되었다. 그는 그녀를 끌어안으며 마치 처녀에게, 아니 사랑하는 여인에게 하듯이 구애를 했다. 그녀는 저항했고, 그는 부끄러웠다. 결국 그는 그녀에게서 떨어졌다.

그녀가 말했다. "정말 아무도 알 수 없는 거예요. 하지만 언젠가 한번은 그런 일이 생길 거예요. 당신이 두렵다고

* 성병을 두려워했다는 속마음을 의미.

한다면 그건 당신 말이 정말 맞아요. 그리고 무슨 일이라도 생겨봐요, 당신은 날 저주할 거예요."

그가 내민 지폐를 그녀는 거절했다. 그가 더 이상 자신에게 추근거릴 수 없다는 단호한 태도였다. 그녀는 좁은 푸른색 숄을 어깨에 두르고, 양초에 불을 붙여 그의 앞길을 비춰주며 아래층까지 따라 내려와 문을 열어주었다. "난 오늘 그냥 집에 있을래요." 그녀가 말했다. 그는 자기도 모르게 그녀의 손을 잡고 그 위에 입을 맞췄다. 그녀는 이상하다는 듯이, 아니 거의 깜짝 놀란 사람처럼 그를 올려다보며 당황하면서도 동시에 행복에 겨운 웃음소리를 냈다. "마치 양갓집 규수를 대하는 것처럼 하시네요." 그녀가 말했다.

등 뒤에서 문이 닫혔고, 프리돌린은 재빨리 시선을 던져 집 주소를 기억 속에 새겨놓았다. 귀엽고 가련한 이 여자애에게 내일 포도주와 군것질거리를 사서 올려 보내줄 수 있도록.

제4장

그사이에 날씨는 좀더 따뜻해져 있었다. 온화한 바람이 좁은 골목길 안까지 불며 촉촉한 초원과 멀리 떨어진 산에 찾아든 봄의 향기를 여기까지 실어 왔다. 이제 어디로 가야 하나? 프리돌린은 생각했다. 집에 돌아가서 잠자리에 든다. 그것만은 당연히 안 되는 일처럼 여겨졌을 뿐, 어디로 가야 할지 마음을 정할 수 없었다. 알레만 복장을 한 녀석과 불쾌하게 마주친 이후 그는 마치 고향을 잃고 집 밖으로 내팽개쳐진 사람처럼 느껴졌다. 아니, 마리안네의 고백을 들은 이후였던가? 아냐, 그보다 훨씬 오래전부터…… 저녁에 알베르티네와 대화를 나눈 이후로 그는 자신이 살고 있던 낯익은 지역을 점점 벗어나서 그 어딘가 다른 세계로, 멀고도 낯선 세계로 차츰차츰 빠져들고 있었다.

그는 정처 없이 밤거리를 이리저리 헤맸다. 약하게 부는 높새바람이 자신의 이마를 감싸 안아도 상관하지 않았다. 그러다가 마침내 오랫동안 찾아 헤맨 목적지에 도달했다는 듯이 확고한 발걸음으로 수준이 높지 않은 카페 하우스로 들어갔다. 이 카페 하우스는 옛날 빈풍으로 안락하게 꾸며져 있었다. 밝지 않은 조명에 특별히 넓지 않았고, 이렇게 늦은 시간에는 찾는 사람도 별로 없었다.

한쪽 구석에서 세 남자가 카드놀이를 하고 있었다. 지금까지 이를 구경하고 있던 웨이터가 프리돌린이 모피 코트 벗는 걸 도와주었다. 그는 주문을 받고, 잡지와 석간신문을 가져와 탁자 위에 놓아주었다. 프리돌린은 안락한 분위기에서 신문과 잡지를 대충대충 넘겨보기 시작했다. 이런저런 보도에 그의 시선이 붙잡혀 머물렀다. 뵈멘* 지방의 어느 도시에서는 독일어로 된 도로 안내판이 철거되었다. 콘스탄티노플에서는 소아시아의 철도 공사 문제로 회의가 열렸는데, 거기에는 크랜포드 경도 참가했다. 베니스 & 바인그루버 회사는 지불 불능 상태에 빠졌다. 안나 티거라는 창녀는 그녀의 친구 헤르미네 드로비츠키를 질투한 나머지 황산 테러를 저질렀다. 오늘 저녁 소피아 홀에서 청어 요리 향연이 개최되었다. 쇤브룬 거리 28번지에 주거지를 둔 어린 소녀 마리 B.는 염화수은을 마시고 중태에 빠졌다. 무미건조한 일상 속에서 일어나는 모든 사실은 무관심한 것이나 애처로운 것인지를 가릴 필요 없이 프리돌린의 머릿속을 맑게 하고 안정을 되찾게 해주는 힘이 있었다. 어린 소녀 마리 B.가 그의

* 체코의 보헤미아 지방을 가리키는 독일어.

마음을 아프게 했다. 염화수은이라니 얼마나 어리석은 짓인가. 자신은 느긋하게 카페에 앉아 있고, 알베르티네는 양팔로 목 베개를 한 채 평화롭게 잠들어 있으며, 궁중 고문관은 지상의 모든 고통을 벌써 극복해버린 지금 이 순간에도 쇤브룬 거리 28번지에 주거지를 둔 마리 B.는 무의미한 고통 속에서 몸부림을 치고 있을 것이었다.

그는 신문에서 고개를 들어 건너편을 바라보았다. 그러자 맞은편 탁자의 두 눈이 그를 향해 있는 것이 보였다. 아니 이럴 수가? 나흐티갈*……? 건너편 남자도 벌써 그를 알아보았는지, 기쁨에 놀란 표정으로 두 팔을 들고서 프리돌린 쪽으로 걸어왔다. 상당히 펑퍼짐한 큰 체격에 볼품은 별로 없었지만, 아직 젊어 보였다. 약간 곱슬한 긴 금발 머리는 벌써 희끗희끗해졌고 금빛 콧수염을 폴란드식으로 기르고 있었다. 그는 망토를 걸치고 있었다. 풀어 젖힌 외투 안으로 기름때가 번지르르한 연미복에 가짜 다이아몬드 단추가 세 개 달린 구깃구깃한 와이셔츠를 받쳐 입고, 구겨진 칼라에는 실크 넥타이가 단정치 못하게 나풀거렸다. 그의 눈꺼풀은 적지 않은 밤을 꼬박 새운 사람처럼 충혈되어 있었으나 눈동자만큼은 쾌활하고 새파랗게 번뜩거렸다.

"너 빈에 있었구나, 나흐티갈?" 프리돌린이 큰 소리로

* 독일의 성. 나이팅게일이란 뜻을 지님.

말했다.

"니가 몰르구 있었구나." 나흐티갈은 히브리어 발음이 약간 섞인 부드러운 폴란드 억양으로 말했다. "증말로 몰르구 있었구나? 난 진짜루 유맹한 사람이야." 그는 큰 소리로 사람 좋아 보이는 웃음을 지으며 프리돌린 건너편에 앉았다.

"뭐라고?" 프리돌린이 물었다. "혹시 아무도 몰래 외과 교수님이라도 되셨나?"

나흐티갈은 더 쾌활하게 웃음을 터뜨리며 말했다. "너 지금 내가 허는 걸 못 들었구나? 바로 조금 전에?"

"왜 들었다고 그래? 아 맞아!" 그제야 프리돌린은 의식이 들었다. 그가 카페에 들어섰을 때, 아니 그가 카페에 도착하기도 전에 그 어딘가 지하실 같은 곳에서 피아노 연주 소리가 울리는 것을 들었었다. "그러니까 그게 바로 너였구나?" 그가 큰 소리로 말했다.

"내가 아니믄 누구겠어?" 나흐티갈이 웃었다.

프리돌린은 고개를 끄덕였다. 더 이상 말할 필요가 없었다. 진기할 정도로 힘이 충만한 건반의 터치, 약간 자의적이긴 해도 이상야릇하게 듣기 좋은 왼손의 화음들, 그것은 그의 귀에 아주 익숙했다. "그러니까 넌 아예 이 길로 들어섰구나?" 그가 말했다. 그는 옛날을 회상했다. 나흐티갈은 비록 7년씩이나 걸렸지만 동물학 재시험에 뒤늦게 합격했고, 그럼에도 결국 의학 공부를 포기했다. 하지만 그 이후에도 그는 상당히 오랫동안 해부학 교실, 실험실, 강의실 등을 기웃거리고 다녔다. 그는 예술가처럼 헝클어진 금발 머리에 항상 구겨진 와이셔츠 칼라를 하고, 한때는 분명히 흰색이었을 넥타이를 나풀거리며 다녔기 때문에 눈에 잘 띄는 인물이었는데, 쾌활한 성향으로 사람들로부터 인기를 끌어서 동료들뿐만 아니라 많은 교수들 사이에서도 사랑받는 존재였다. 그는 폴란드에 정착해서 브랜디 선술집을 경영하는 유대계 집안의 아들로, 의학 공부를 위해 고향을 떠나 빈에 왔었다. 부모로부터 받는 보조금은 처음부터 있으나 마나였지만 그것마저도 곧 끊기고 말았다. 그러나 그런 사정이 그가 리트호프*에서 열리는 의대생 단골 모임에 계속 나타나는 데 방해가 되지는 않았다. 이 모임에는 프리돌린도 속해 있었다. 그의 음식값은 언젠가부터 부유한 동료들이 번갈아 가며 대신 지불해주었다. 게다가 옷가지들도 종종 선물 받았는데, 그는 불필요한 자존심을 내세우지 않고 정말 기꺼운 마음으로 그것들을 고맙게 받아들였다. 고향의 소도시에서, 그곳 시골에 묻혀버린 피아니스트로부터 연주의 기초를 배운 그는, 빈에서는 의대에 학적을 두고도 콘서바토리움**을 다녔었다. 들리는 말에 의하면 장래가 촉망되는 재

* 맥주 주점.
** 음악예술인 양성 전문학교.

50

능을 가졌다고 인정받았으나, 그곳에서도 열과 성을 다하지 않기는 마찬가지여서 정식으로 피아노 교육을 계속 이어가진 못했다. 얼마 후 그는 알고 지내던 사람들 사이에서 거둔 음악적인 성공에, 아니 그것보다도 피아노 연주 시에 사람들이 보여주는 즐거움에 스스로도 만족하여 그 이상의 노력을 하지 않았다. 한동안 그는 변두리의 댄스 학교에서 피아노 반주자로 일했고, 대학 동료들과 단골 모임의 친구들은 그와 비슷한 특성을 가진, 이왕이면 좀더 나은 집에 그를 소개해주려고 시도했다. 그러나 막상 그런 좋은 기회가 주어지면 그는 즉흥적으로 머리에 떠오르는 악상을, 그것도 이 악상이 마음에 드는 동안만 연주하다가 곧바로 젊은 숙녀들과 대화를 나누었는데, 항상 점잖은 화제만을 꺼낸 것은 아니었고 주체할 수 없을 정도로 술을 퍼마시곤 했다. 한번은 그가 어느 은행 총재의 저택에서 댄스곡을 공개적으로 연주한 적이 있었다. 그는 자정이 되기도 전에 외설적이고 호색적인 언사를 퍼붓는 바람에 춤추며 지나가던 젊은 숙녀들을 당황케 했고, 그녀들의 파트너인 신사 양반들을 격분시켰다. 그러고 난 후 무슨 생각이 들었는지 갑자기 캉캉을 난폭하게 연주하기 시작했다. 그리고 우렁차게 때려대는 저음에 맞춰 외설적인 시사 풍자시를 서슴없이 불러 젖혔다. 은행 총재가 노발대발하여 이를 질책하자, 나흐티갈은 거나하게 취해 호탕하게 굴다가 자리에서 벌떡 일어나 총재를 덥

석 껴안아버렸다. 총재란 남자는 격노하여 길길이 흥분하며 떠들기 시작했다. 그 자신이 유대인임에도 불구하고 사람들이 흔히 입에 올리는 유대인 욕설을 그의 면전에 퍼붓자, 나흐티갈은 그 즉시 고개가 돌아갈 정도로 남자의 따귀를 한 대 갈겨버렸다. 그것으로 이 도시의 상류층에서 그의 출세 가도는 영원히 끝장난 것처럼 보였다. 그는 친밀한 사람들 사이에서는 보다 점잖게 행동할 줄 알았지만, 그런 경우에도 늦은 밤이 되면 억지로 술집에서 끌어내야만 하는 일이 간혹 있었다. 그러나 그다음 날이 되면 이런 불상사도 이와 관계된 모든 사람들로부터 용서받았고 또 잊혀버렸다. 그의 동료들이 모두 졸업한 지도 오래된 어느 날, 그는 작별 인사도 없이 이 도시에서 갑자기 사라졌다. 처음 몇 달 동안은 러시아나 폴란드의 여러 도시에서 안부 엽서가 날아오곤 했다. 언젠가 한번은 나흐티갈이 특별히 마음속에 두고 항상 생각하고 있던 프리돌린에게 엽서를 보내왔다. 그는 아무런 설명도 안부 인사 한마디도 없이 다짜고짜 얼마간의 돈을 부탁했고, 이 일을 통해 프리돌린이 나흐티갈의 존재를 다시 떠올리게 된 적이 있었다. 프리돌린은 지체하지 않고 부탁한 액수를 바로 송금해주었지만, 그 이후 지금까지 고맙다는 말은 고사하고 나흐티갈의 소식조차 들을 수 없던 차였다.

그런데 지금 이 순간, 새벽 1시 15분 전, 8년이 지난 지금 나흐티갈은 자신이 소홀히 처리했던 것을 당장 바로잡겠다고 부득부득 고집을 부리며 정확히 빌려 간 액수의 지폐를 흠집투성이인 지갑에서 꺼냈다. 뿐만 아니라 그의 지갑은 터져 나갈 만큼 돈으로 가득 채워져 있었기 때문에 프리돌린은 부채 상환을 거리낌 없이 받아들여도 좋지 않을까 생각했다……

"그러니까 잘 지내고 있었구나." 프리돌린은 스스로를 안심시키려는 듯 미소를 지으며 말했다.

"불평할 순 없을 정도야." 나흐티갈이 대답했다. 그리고 프리돌린의 팔 위에 손을 얹으며 진지하게 물었다. "그런데 말 좀 해보게나. 지금 말이야, 이런 한밤중에 무슨 일로 여기까지 나온 거야?"

프리돌린은 저녁에 왕진을 다녀오는 길에 커피를 한잔 마시고 싶은 생각이 너무 간절해서 이곳까지 왔다고 설명했다. 그러나 그는, 자신도 그 이유를 제대로 알 수 없었지만, 환자가 이미 죽어 있었다는 말은 입 밖에 꺼내지 않았다. 그는 종합병원에서 자신이 하는 업무와 개인적인 진료에 대한 아주 일반적인 것을 말해주고, 자신은 결혼을 했고, 결혼 생활은 행복하며, 여섯 살짜리 딸을 둔 아버지가 됐다고 덧붙였다.

이어서 나흐티갈이 보고하듯 말해주었다. 프리돌린이 추측대로였다. 그는 지난 몇 년 동안 피아니스트로 활동하며 폴란드, 루마니아, 세르비아, 불가리아 등지의 크고 작은 온갖 도시들을 떠돌아다녔고, 렘베르크*에는 자식이 네 명이나 딸린 마누라가 그를 바라보며 살고 있다고 했다. 이런 말을 하며 그는 환하게 웃었다. 자식을 넷씩이나, 그것도 렘베르크에서 한 여자가 모두 낳았다는 것이 못내 재미있다는 표정이었다. 그는 지난가을부터 다시 빈에 와 있었다. 그를 고용했던 쇼 공연단이 곧바로 파산해버렸기 때문에, 지금은 이곳저곳 술집을 전전하며 닥치는 대로 어떨 때는 하루 저녁에 두세 곳에서 연주하는 날도 적지 않은데, 예를 들면 오늘 이 지하실의 경우도 마찬가지였다. 그가 토를 달았다. 이곳은 그리 점잖지 못한 유흥업소로 원래는 일종의 볼링장이었고, 손님들의 질을 따지자면…… "허지만 네 명이나 되는 새낄 멕여 살릴라면 말이야, 게다가 렘베르크의 마누라쟁이까지." 그는 이렇게 말하고 다시 큰 소리로 웃었지만, 그 웃음소리는 조금 전처럼 아주 유쾌한 것만은 아니었다. "개인적으로 해야 할 일도 많지." 그는 재빨리 말을 덧붙였다. 그는 프리돌린의 얼굴에서 옛날을 회상하는 것 같은 미소를 읽어냈다. "은행 총재나 그렇고 그런 나부랭이들 그건 아니야. 하여간 있을 수 있는 별의별 모임들인데, 카아다랑** 거,

* 오늘날 우크라이나의 도시 리비우.
** '커다란'의 의미.

54

공적인 거, 그리고 남몰리* 만나는 것까지."

"비밀 연회?"

나흐티갈은 어둡고 교활한 눈빛으로 앞을 내다보았다.
"곧 날 다시 데려갈 거야."

"뭐라고? 오늘 아직도 연주할 데가 또 있단 말이야?"

"그럼, 말하자면 정각 2시가 돼야 시작한다고."

"정말 기막히게 근사하겠는걸." 프리돌린이 말했다.

"글키도 허구, 아니기두 허구." 나흐티갈은 웃음을 터뜨
렸다. 그러나 곧바로 다시 진지해졌다.

"그렇기도 하고, 아니기도 하다니?" 프리돌린이 호기심
어린 목소리로 그의 말을 반복했다.

나흐티갈은 탁자를 넘어 그에게 몸을 숙였다.

"오늘은 어떤 집에서 연주를 하는데, 누구네 집인지는
나도 몰라."

"그러니까 오늘 처음 그곳에서 연주하는 거야?" 점점 더
흥미가 발동한 프리돌린이 물었다.

"아니 세번째야. 허지만 이번엔 아마 또 다른 집일걸."

"난 이해를 못 하겠네."

"나도 마찬가지지." 나흐티갈이 웃었다. "더 이상 캐묻
지 않는 게 좋겠어."

* '남몰래'의 의미.

"흐음." 프리돌린이 소리를 냈다.

"오 오우, 너 헛짚었어. 네가 생각하고 있는 그런 게 아냐. 난 말이야. 여태껏 별의별 것들을 다 봤지만 말이야, 그렇게 조그만 도시, 특히 루마니아에서 그렇게 많은 걸 체험했다고 말하면 사람들이 도통 믿으려 들지 않더라고. 허지만 여기에서 그런 일이 있다면야……" 그는 노란색 커튼을 조금 젖히고 길거리를 내다보며 혼잣말처럼 중얼댔다. "아직 안 왔네." 그리고 프리돌린에게 다시 고개를 돌리고 설명해주듯 덧붙여 말했다. "마차 말이야, 언제나 마차 한 대가날 데리러 왔는데 언제나 다른 마차였거든."

"너, 날 감질나게 만들 셈이야, 나흐티갈?" 프리돌린이 쌀쌀하게 말했다.

"잘 들어봐." 나흐티갈이 조금 주저하다가 말했다. "내가 말이야, 이 세상 어떤 한 사람에게라도 허용해주고 싶어도. 허지만 말이야, 어떻게 해야 하는지, 그것은 오로지." 그는 말을 멈칫거리다가 갑자기 말을 바꾸었다. "너, 용기는 있어?"

"거 무슨 쓸데없는 질문을?" 프리돌린은 모욕을 당한 색깔 모자의 대학생 어투로 대답했다.

"그런 뜻으로 말한 건 아니고."

"그럼 도대체 무슨 뜻이야? 이런 일에 무슨 특별난 용기가 필요하다고 그래? 생겨봤자 무슨 일이 생기겠어?" 이렇게 말하며 프리돌린은 경멸하듯이 짧게 웃었다.

"나한테야 아무 일도 없겠지, 기껏해야 오늘로 마지막이겠지 뭐. 혹시 그럴 수도 있다, 그거야." 그는 말을 멈추고 커튼 틈새로 다시 바깥을 내다보았다.

"자아, 그럼?"

"뭐, 뭐라고?" 나흐티갈은 마치 꿈에서 깨어난 사람처럼 되물었다.

"이야길 계속 해줘야지. 먼저 말을 꺼낸 사람은 너잖아…… 비밀 연회? 회원제 모임? 초대된 손님들? 그게 도대체 뭐야?"

"나도 몰라. 마지막엔 서른 명이었어, 처음 모였을 땐 열여섯뿐이었는데."

"무도회야?"

"물론 무도회지." 그는 말을 꺼낸 것 자체를 이제 후회하는 것처럼 보였다.

"그리고 넌 거기에 맞춰 음악을 연주한다 그거지?"

"거기에 맞춰? 난 뭣 땜에 연주하는지도 몰라. 정말이야, 난 모른다고. 난 그저 연주하고 또 연주하고, 그뿐이야. 두 눈을 가리고서."

"나흐티갈, 나흐티갈, 도대체 지금 무슨 헛소리야?"

나흐티갈은 가볍게 한숨을 지었다. "허지만 유감스럽게도 완전히 가리진 않았어. 아무것도 볼 수 없을 만큼 꽉 묶진 않았으니깐. 말하자면 눈을 묶은 검은색 비단을 통해 거울이 보였는데……" 그는 다시 입을 다물었다.

"한마디로." 프리돌린은 경멸적인 목소리로 다급하게 말했지만 이상하게도 흥분되는 것을 느꼈다…… "나체의 여자들."

"여자라는 말은 하지도 말게, 프리돌린." 나흐티갈은 모욕이라도 당한 듯이 대꾸했다. "넌 그렇게 생겨먹은 여자들은 여태껏 못 보았을 거다."

프리돌린은 가볍게 헛기침을 했다. 그리고 말이 나온 김에 "그래, 입장료는 얼마야?"라고 내처 물었다.

"입장권을 말하는 거군, 그렇지? 하아, 쓸데없는 생각 말아."

"그러면 어떻게 출입하는 거야?" 이렇게 묻고 프리돌린은 입술을 꽉 다문 채 초조한 듯이 탁자 위를 손가락 끝으로 두들겼다.

"넌 말이야, 암호를 알아야만 하는데, 매번 달라져."

"그럼 오늘 것은?"

"나도 아직 몰라. 마부가 와야지 알게 되거든."

"날 데려가줘, 나흐티갈."

"말도 안 돼, 너무 위험해."

"1분 전까지만 해도 너 자신이 분명 그럴 의향이 있었으니까 나에게 '허용'해준단 말을 한 거 아냐. 그러니까 가능하기도 하다는 것 아니겠어?"

나흐티갈은 그를 조사하듯이 훑어보았다. "지금 그런 차림으로는 절대 불가능해. 말하자면 모두 가면을 쓰거든, 신사 숙녀 모두 말이야. 너한테 지금 가면이 있기나 해, 응? 불가능하지. 혹시 다음번이라면 모르겠다. 그사이에 내가 뭐가 좀더 궁리해볼게." 그는 바깥 소리에 귀를 기울이다가 커튼 사이로 길거리를 다시 내다보았고, 안도의 숨을 내쉬며 말했다. "저기 마차가 왔어, 그럼 잘 있게나."

프리돌린은 그의 팔을 꽉 붙잡았다. "이런 식으로 날 벗어나진 못해. 넌 날 데리고 가야만 해."

"하지만 이 친구야……"

"나머지는 내게 맡겨줘. 이것이 '위험하다'는 것도 잘 알고 있어. 바로 그 점이 나를 더 끌리게 하는지도 몰라."

"하지만 내가 벌써 말했잖아. 의상과 가면이 없으면……"

"가면 대여업소가 있잖아."

"새벽 1시에!"

"내 말 좀 들어보게, 나흐티갈. 비켄부르크가 모퉁이에 그런 가게가 있어. 난 하루에도 몇 번씩 그 가게 간판 옆을 지나다녀." 그는 점점 더 흥분된 목소리로 다급하게 말했다. "거기서 15분만 머물러주게. 나흐티갈, 난 그사이 거기 가서 내 운을 시험해볼게. 대여업소 주인은 아마 같은 건물에 살 거야. 만일 그렇지 않다면, 그렇지 않다면 곧바로 포기하겠어. 운명을 따르는 거야. 같은 건물에 카페가 하나 있는데 빈도보나라는 이름일 거야. 넌 마부에게 말해. 그 카페에 뭔가 두고 온 게 있다고 하고, 카페 안으로 들어가. 난 문 가까이에서 기다리고 있을게. 그때 내게 암호를 빨리 말해줘. 그리고 넌 마차를 다시 타고. 난 말이야, 내가 의상을 얻는 데 성공했다면 말이야, 재빨리 다른 마차를 잡아타고 네 뒤를 쫓아갈게. 그 밖의 것은 될 대로 되는 거야. 네게 닥칠 위험은 나흐티갈, 내 명예를 걸고 말하는데, 어떠한 경우라도 내가 같이 떠맡겠어."

나흐티갈은 프리돌린을 그만두게 하려고 몇 차례 시도해봤지만 아무 소용이 없었다. 프리돌린은 커피값을, 지나치게 많은 팁을 붙여서, 탁자 위에 던져놓고 밖으로 나갔다. 이렇게 하는 것이 오늘 밤의 행동 양식에 어울리는 것처럼 보였다. 밖에는 문이 닫힌 마차 한 대가 서 있었고, 마부석에는 마부 한 사람이 꼼짝도 하지 않고 앉아 있었다. 검은색 옷에 실린더 모양의 실크 모자 차림이었다. 장례용 마차처럼 생겼다고 프리돌린은 생각했다. 그는 뛰듯이 걸었다. 몇분 후 프리돌린은 그가 찾던 모퉁이 건물에 도착하여 초인종을 누르고, 건물 관리인에게 가면 대여업자 기비저가 이건물에 살고 있는지를 물어보았다. 그러면서도 마음속으로는 그가 이곳에 살고 있지 않기를 바랐다. 그러나 기비저는 실제로 가게 바로 아래층에 살았다. 건물 관리인은 늦은 방문에 대해 특별히 놀라는 기색도 없어 보였다. 오히려 프리돌린이 내민 두둑한 팁에 기분이 좋아져서, 사육제가 열리는 동안에는 이렇게 늦은 시간에도 의상을 빌려 가려는 사람들이 결코 드물지 않다고 일러주었다. 그는 아래에 서서, 프리돌린이 2층으로 올라가 초인종을 누를 때까지 내내 촛불을 비춰주었다. 기비저 씨는 마치 바로 문 옆에서 기다리고 있었던 것마냥 직접 문을 열어주었다. 깡마르고 수염이 없는 대머리 남자였다. 유행이 지난 꽃무늬 잠옷을 입고 장식용 술이 달린 터키식 모자를 쓰고 있어서, 마치 연극 무대 위에 서 있는 우스꽝스러운 늙은이처럼 보였다. 프리돌린은 자신이 원하는 바를 말하고 가격은 따지지 않는다고 덧붙였다. 그러자 기비저가 거의 모욕적인 어투로 대꾸했다. "난 받을 값만 받지, 그 이상은 바라지 않아."

그는 나선형 계단을 따라 위층으로 올라가 프리돌린을 진열 창고로 안내했다. 비단, 벨벳, 향수, 먼지 그리고 마른 꽃 냄새가 났다. 어렴풋한 어둠 속에서 은색과 빨간색이 반짝반짝 빛을 발하고 있었다. 그리고 갑자기 옷장과 옷장 사이에서 작은 등불들이 무더기로 켜졌다. 옷장들이 일렬로 늘어서서 좁고 기다란 통로를 이루었고, 그 뒤편은 어둠에 싸여 보이지 않았다. 오른편과 왼편에는 거의 모든 종류의 의상들이 걸려 있었다. 한쪽에는 기사, 노예, 농부, 사냥꾼, 학자, 아랍인, 어릿광대의 옷이, 다른 쪽에는 궁녀, 기사의 애인, 농가의 아낙네, 귀부인의 몸종, 밤의 여왕들의 옷이 걸려 있었고, 의상들 바로 위편에는 의상과 각기 짝을 이루는 가면들을 볼 수 있었다. 프리돌린은 교수형에 처해진 사람들이 양쪽으로 길게 늘어서서 가로수를 이루고 있는 길을 걷는 듯한 기분이 들었고, 양쪽으로 갈라져 늘어서 있는 남녀들이 상대방에게 춤추기를 청하고 있는 것처럼 보였다. 기비저 씨가 그의 뒤를 쫓아 들어왔다. "손님께서 특별히 원하는 것이 있습니까? 루이 카토즈?* 디렉투아르?** 아니면 고대 독일식?"

"내가 원하는 건 어두운 색깔의 두건이 달린 수도승 복장과 검은색 가면입니다. 그 이상은 필요 없습니다."

바로 그 순간, 통로 끝 쪽에서 유리로 된 물건이 쨍그랑거리는 소리가 났다. 프리돌린은 깜짝 놀라, 이 소리가 무엇인지 즉각 해명할 의무라도 있다는 듯이, 가면 대여업자의 얼굴을 들여다보았다. 그러나 기비저 본인도 놀라 굳어버린 듯 잠시 서 있다가, 그 어딘가에 숨겨진 스위치를 더듬더듬 찾았고, 곧 눈이 부실 정도로 환한 빛이 통로 끝까지 쏟아져 들어갔다. 그곳에 있는 작은 탁자 위에는 접시와 술잔과 술병이 차려져 있었다. 탁자의 왼편과 오른편에 놓여 있

* 루이 14세 때의 바로크 스타일.
** 프랑스혁명 이후의 프랑스 예술 양식.

는 의자 두 개에서 비밀 법정의 재판관 차림을 한 남자 두 명이 벌떡 일어났다. 빨간 법복을 입고 있었다. 그 순간 하얀 옷을 입은 귀엽게 생긴 아이 하나가 재빨리 몸을 숨겼다. 기비저는 큰 걸음으로 성큼성큼 걸어가서, 탁자 너머로 하얀색 가발을 붙잡았지만 가발만을 손에 쥐어 들었을 뿐, 그 사이 탁자 밑에서 우아하고 아주 젊은 아가씨가, 아니 아직은 어린애나 다름없는 소녀가 몸을 비집고 기어 나왔다. 광대 복장에 하얀색 비단 스타킹을 신고 있었다. 그 소녀는 통로를 내달아 곧장 프리돌린의 품 안으로 달려들었고, 그도 어쩔 수 없이 그녀를 양팔로 얼싸안았다. 기비저는 하얀 가발을 탁자 위에 내려놓고, 왼손과 오른손에 재판관의 법복 자락을 하나씩 움켜잡은 채 프리돌린을 향해 외쳤다. "손님, 그 계집 좀 붙잡아주세요." 여자아이는, 프리돌린이 자신을 보호해줘야 마땅하다는 듯이, 그의 몸에 착 달라붙었다. 그녀의 작고 갸름한 얼굴에는 하얀 분이 발려 있었고, 앙증맞은 장식용 밴드가 몇 개 붙어 있었다. 그녀의 매력적인 젖가슴에서 장미의 분 향기가 피어올랐으며, 장난기와 욕망 가득한 눈웃음을 짓고 있었다.

"자아, 신사분들." 기비저가 소리쳤다. "당신네들은 내가 경찰에 넘길 때까지 여기 가만히 있어요."

"무슨 말이오?" 두 남자가 동시에 소리쳤다. 그리고 한입으로 말하는 것처럼 덧붙여 말했다. "우린 저 아가씨 초대로 따라왔을 뿐인데."

기비저는 두 사람을 손에서 놓아주었고, 프리돌린은 그가 그들에게 건네는 소릴 들었다. "그에 대해 당신네들은 보다 자세한 정황을 설명해야만 할걸. 그게 아니라면 미친 여자하고 놀아났다는 걸 눈치도 못 챘단 말입니까?" 말을 마치고 그는 프리돌린에게 몸을 돌렸다. "불상사가 생겨 죄송합니다, 손님."

"아, 괜찮습니다." 프리돌린이 말했다. 정작 그가 바랐던 일은 이곳에 차라리 그냥 머무르든가, 아니면 이 귀여운 여자애를 데리고 당장 떠나는 것, 어디로든 같이 떠나버리는 것이었다. 그 결과가 어떻게 될 것인가, 그런 것은 지금 상관할 바가 아니었다. 여자아이는 천진난만한 얼굴로 유혹하듯이 그를 올려다보았다. 마치 마술에 홀리기라도 한 표정이었다. 통로 끝 편에 서 있는 비밀 법정의 재판관들은 흥분하여 서로 말을 주고받았고, 기비저는 사무적으로 프리돌린에게 물었다. "수도승 복장을 원하신다고 했죠, 손님. 순례자 모자,* 그리고 가면도?"

"아니에요." 광대 차림의 여자아이가 이글거리는 눈빛으로 말했다. "이분껜 족제비털 외투를 드리는 게 좋아요. 그리고 그 안에 받쳐 입을 빨간 비단 재킷도."

* 차양이 넓고 조개 장식이 달림.

"넌 내 옆에서 꼼짝 말고 있어." 기비저는 이렇게 말하고 어두운 색깔의 수도승 복장 하나를 가리켰다. 그 의상은 시골 머슴과 베니스 상원 의원 복장 사이에 걸려 있었다. "이게 선생님 치수에 맞아요. 그리고 맞는 모자는 여기에, 자아 가지고 가세요, 빨리."

이제 비밀 재판 판사들이 다시 말을 꺼냈다. "우릴 당장 내보내주세요, 지비에 씨." 그들은 기비저의 이름을 프리돌린에게 낯선 프랑스식으로 발음했다.

"무슨 말 같지 않은 소릴." 가면 대여업자가 비꼬듯이 대꾸했다. "우선 내가 돌아올 때까지 이곳에서 기다려주신다면 황공하겠나이다."

그사이 프리돌린은 수도승복을 걸쳐 입고, 옷에 치렁치렁 매달려 있는 하얀 끈으로 양쪽 끝을 묶어 매듭을 지었다. 기비저는 좁은 사다리 위에 서서, 차양이 넓은 검은색 순례자 모자를 내려주었고, 프리돌린은 그것을 받아 머리에 썼다. 그는 무슨 강요를 당하고 있는 사람처럼 행동했다. 왜냐하면 여기에 남아서 위험에 빠져 있는 광대 소녀를 도와줘야 한다는 의무감을 점점 더 강렬하게 느꼈기 때문이다. 그는 기비저가 건네준 가면을 곧바로 써보았다. 조금 역겨운 이상한 향수 냄새가 났다.

"넌 앞장서서 걸어." 기비저가 소녀에게 말하며 명령하듯 계단을 가리켰다. 광대는 몸을 돌려 통로 끝 편을 바라보며 가여우면서도 쾌활한 눈빛으로 작별의 눈짓을 보냈다.
프리돌린은 그녀의 시선을 따라가보았다. 재판관들은 더 이
상 그곳에 없었다. 연미복에 하얀 넥타이를 맨 날씬하고 젊
은 두 신사가 아직도 빨간색 가면을 얼굴에 쓴 채 서 있었
다. 광대는 나선형 계단을 빙글빙글 돌아 내려갔고, 기비저
가 그 뒤를, 프리돌린은 두 사람의 뒤를 따라 내려갔다. 아
래층의 현관 대기실에서 기비저는 안방으로 통하는 문을 열
더니 광대에게 말했다. "넌 잠깐 침대에 가 있어. 타락한 년
같으니, 우선 위에 있는 남자들과 결말을 지은 다음, 나랑
말하기로 하자."

그녀는 문가에 서 있었다. 하얀 옷에 매력적인 모습이
었다. 그녀는 프리돌린을 한 번 쳐다보더니 슬픈 듯이 머리
를 가로저었다. 프리돌린은 오른편에 있는 커다란 벽거울
에서 비쩍 마른 순례자를 보았다. 그 누구도 아닌 바로 자기
자신의 모습이었지만, 이런 옷차림이 자연스럽게 어울린다
는 사실이 내심 놀라웠다. 광대가 안으로 사라지자, 늙은 가
면 대여업자는 문을 잠가버렸다. 그러고 난 후 그는 현관 출
입문을 열고 프리돌린을 바깥 계단으로 떠밀어냈다.

"미안합니다만." 프리돌린이 말했다. "대여 요금은……"

"됐어요 손님, 대여 요금은 반납 시에 받습니다, 저는
선생을 믿어요."

기비저가 이렇게 말했지만 프리돌린은 그 자리에 우뚝

서서 꼼짝달싹도 하지 않았다. "맹세해주세요, 당신이 저 불쌍한 아이에게 몹쓸 짓을 하지 않겠다고 말입니다."

"당신이 무슨 상관이지요, 손님?"

"제가 듣기론 조금 전 당신은 그 여자아이를 미쳤다고 했어요. 그런데 지금은 타락한 년이라고 부르더군요. 눈에 띄는 모순 아닙니까. 당신도 부정하진 않겠지요."

"그래서요, 손님." 기비저는 연극 무대의 어조로 대꾸했다. "미친 사람은 신 앞에서 타락한 게 아니란 말입니까?"

프리돌린은 구역질이 올라와 몸을 떨었다.

"언제나" 그가 말했다. "방책을 강구해봐야 합니다. 난 의사예요. 내일 이 문제를 계속 따져봅시다."

기비저는 경멸하듯 소리 없이 웃었다. 계단 층계에 갑자기 불이 켜지고 기비저와 프리돌린 사이에 있던 문이 닫히더니 곧바로 빗장이 질러졌다. 프리돌린은 계단을 내려가며 모자, 수도승 복장, 가면을 모두 벗어 겨드랑이에 껴안았다. 건물 관리인이 문을 열어주었다. 조금 전에 보았던 장례마차가 맞은편에 있고, 마부석에는 마부가 꼼짝도 하지 않고 앉아 있었다. 나흐티갈은 카페를 막 떠나려던 참이었다. 프리돌린이 정확한 시각에 약속 장소에 나타난 데 대해 아주 반가운 기색만은 아닌 것처럼 보였다.

"그래, 의상은 제대로 마련했어?"

"보시다시피. 그럼 암호는?"

"너 계속 고집부릴 거야?"

"물론이지."

"그렇다면…… 암호는 덴마크야."

"너 지금 제정신이냐, 나흐티갈?"

"왜 그래?"

"아 아냐, 아무것도 아니야. 내가 지난여름 우연히 덴마크 해변에 다녀온 적이 있어서. 그럼 이제 마차를 타. 아니지, 지금 당장은 아니야. 내가 저 건너편 마차를 탈 수 있는 시간을 줘야 하니까."

나흐티갈은 고개를 끄덕인 후 서두르지 않고 천천히 담뱃불을 붙였고, 그사이에 프리돌린은 재빨리 길을 건너 쌍두마차를 잡아타고, 장난을 하고 있다는 듯이 순진한 목소리로 앞에서 움직이기 시작하는 장례 마차를 쫓아가라고 마부에게 지시했다.

그들은 알저가를 지나 고가 철도 다리 밑을 통과하여 교외로 향하는 길로 접어든 다음, 인적이 끊긴 어두운 골목길을 계속 달려갔다. 프리돌린은 자신이 탄 마차의 마부가 앞서가는 마차의 자취를 잃어버릴 가능성도 있다고 생각했다. 그러나 그가 열린 창문을 통해 겨울 날씨답지 않게 따뜻한 바깥 공기 속으로 머리를 내밀 때마다 적당한 간격을 두고 그 마차가 앞서가는 것이 보였고, 기다란 실린더 모양의 검은색 모자를 쓴 마부도 그 자리에 꼼짝도 하지 않고 앉아 있었다. 나쁜 결과가 나올 수도 있겠지, 프리돌린은 생각했다. 이런 생각을 하는 동안에도 그는 광대 소녀의 젖가슴에서 피어올랐던 장미 향수와 분 냄새를 계속 느꼈다. 그 무슨 이상한 소설 속을 들어갔다 나온 것은 아닐까? 그는 스스로에게 물어보았다. 나는 이 길을 가는 게 아니었어, 아니 감히 그렇게 하면 안 되었는데. 난 지금 도대체 어디 있는 거야?

마차는 아담한 고급 저택들 사이로 난 완만한 비탈길을 올라가고 있었다. 프리돌린은 이제야 이곳이 어디인지 알 것만 같았다. 몇 년 전 산책길에 가끔 여기까지 와본 적이 있는데, 그가 올라서고 있는 곳은 갈리친 산*이 틀림없었다. 왼쪽 편 저 아래 깊은 곳에는 수천 개의 불빛이 반짝이는 도시가 엷은 안개 속에서 흐릿하게 보였다. 그는 뒤쪽에서 들려오는 마차 바퀴 소리를 듣고 창문으로 뒤를 돌아보았다. 두 대의 마차가 따라오고 있었다. 이제는 장례 마차의 마부에게 자신이 의심받을 가능성이 없다고 생각하자, 뒤따라오는 마차들이 그의 마음에 들었다.

갑자기 매우 격렬한 충격과 함께 마차가 옆으로 꺾어져 들어갔고 격자 울타리, 담장 그리고 비탈을 옆에 끼고 빠른 속도로 달려 내려갔다. 마치 깊은 계곡 속으로 떨어지는 것

* 빈 서부에 위치한 산.

같았다. 문득 가면을 쓰기에는 지금이 가장 적당한 시간이라는 생각이 들었다. 그는 모피 코트를 벗고, 매일 아침 병원에서 소매에 손을 끼워 가운을 입듯이 수도승 복장을 걸쳐 입었다. 그리고 모든 일이 잘된다면 몇 시간 후에는 매일 아침처럼 환자들의 병상 사이를 돌아다니게 될 것이라고 생각했다. 도움을 주는 의사로서 말이다. 이런 생각이 그를 구원해주는 것처럼 여겨졌다.

마차가 멈췄다. 마차에서 내리지 말까, 프리돌린은 생각했다. 차라리 지금 당장 그냥 되돌아가버리는 것은 어떨까? 하지만 어디로 간담? 어린 광대 소녀에게? 아니면 부흐펠트 거리의 어린 창녀에게? 아니면 마리안네, 죽은 남자의 딸에게? 아니면 집으로? 프리돌린은 가벼운 전율을 느꼈다. 다른 곳이라면 몰라도 집에 가고 싶다는 생각은 추호도 없었기 때문이다. 그게 아니라면 집까지의 거리가 가장 멀다고 생각했기 때문일까? 아냐, 난 되돌아갈 수 없어. 그는 속으로 생각했다. 계속 내 길을 가련다. 이게 죽음의 길이라고 해도. 이런 거창한 말 앞에서 그는 웃음이 터졌지만, 그렇다고 아주 유쾌한 기분이 들지는 않았다.

정원으로 통하는 문은 활짝 열려 있었다. 앞서가던 장례 마차가 방금 저 아래 깊은 협곡으로, 아니 어둠 속으로 뚝 떨어지면서 깊숙이 들어가는 것처럼 보였다. 어쨌든 나흐티갈은 벌써 마차에서 내렸을 것이다. 프리돌린도 재빨리 마차에서 뛰어내려, 마부에게 저 위쪽 길이 꺾어지는 곳에서 시간이 얼마가 걸리더라도 자신이 돌아올 때까지 기다리라고 지시했다. 그리고 이를 확실히 해두기 위해 미리 보수를 풍족하게 주었고, 돌아갈 때도 똑같은 액수의 돈을 더 주겠다고 약속했다. 자신을 뒤따라오던 마차들도 도착했다. 그는 첫번째 마차에서 얼굴을 가린 여자 형상이 내리는 것을 보았다. 그는 정원에 들어서면서 얼굴에 가면을 썼다. 집에서 나온 불빛이 현관문까지 연결된 좁은 길을 비추고 있었다. 양쪽 문을 한꺼번에 열어 젖히자 프리돌린은 하얀색 칠을 한 좁은 현관에 들어섰다. 그를 맞이하는 화성 음악이 공중에 울려 퍼졌고, 그러자 어두운 색 제복을 입고 회색 가면을 쓴 하인 두 사람이 나타나 그의 오른쪽과 왼쪽에 섰다.

"암호?" 두 목소리가 속삭이듯 말했다. 그가 대답했다. "덴마크." 하인 한 명이 나서서 그의 모피 코트를 받아 들고 옆방으로 사라졌고, 다른 하인은 문을 열어주었다. 프리돌린은 어슴푸레한, 아니 거의 컴컴하고 천장이 높은 홀에 들어섰다. 검은색 비단이 사방을 빙 둘러가며 길게 걸려 있었다. 하나같이 성직자의 복장을 한 가면들이 이리저리 거닐고 있었다. 열여섯에서 스무 명 정도의 수도승과 수녀 들이었다. 화성 음악이 소리를 높여가며 차분하게 울려 퍼지고 있었다. 이탈리아식 교회음악 멜로디였고, 천장에서 울려 내리는 것처럼 보였다. 홀의 한구석에는 몇 사람이 작은 무리를 지어 서 있었다. 세 명의 수녀와 두 명의 수도승이었다. 그곳에 모인 사람들은 그를 흘끗흘끗 건너다보다가, 마치 의도적으로 그러는 것처럼 고개를 돌려버렸다. 프리돌린은 자신이 머리에 뭔가를 뒤집어쓴 유일한 사람이란 걸 알아차렸기에 순례자 모자를 벗어 들고 가능한 한 무심한 태도로 이리저리 거닐었다. 수도승 하나가 그의 팔을 슬쩍 건드리고 고개를 끄덕이며 인사를 건넸다. 그렇지만 가면 뒤의 시선은 아주 잠깐 동안 프리돌린의 눈을 뚫어져라 깊숙이 들여다보았다. 자극적인 낯선 향기가 마치 남국의 정원에 와 있기라도 한 듯이 그를 감쌌다. 또다시 팔 하나가 그를 건드렸다. 이번에는 수녀들 중 한 사람이었다. 다른 수녀들과 마찬가지로 그녀도 이마, 머리 그리고 목덜미를 검은색 베일로 휘감고 있었고, 가면으로 쓰고 있는 검은색 비단 레이스 아래에는 피처럼 빨간 입술이 빛나고 있었다. 난 지금 어디에 있는 걸까? 프리돌린은 생각해보았다. 미친 사람들 사이에? 비밀 집회자들 사이에? 아니 그 무슨 종교적인 사교 모임에 빠져든 것은 아닐까? 혹시 나흐티갈이, 이런 모임에 가장 어울리는 비회원을 누가 되었든 간에 데려오라는 명령을 받고, 그 대가로 돈까지 받은 건 아닐까? 그러나 가면무도회의 장난이라고 보기에는 모든 것이 너무나 진지하고 단순하여 섬뜩한 느낌마저 들었다. 화성 음악에 맞추어 한 여성이 부르는 고대 이탈리아의 종교 아리아가 홀 안에 울려 퍼졌다. 모든 사람이 걸음을 멈추고 귀를 기울이는 것 같았고, 프리돌린도 한동안 불가사의한 울림 속에 퍼져 나가는 그 멜로디에 사로잡혔다. 갑자기 여자 목소리 하나가 그의 등 뒤에서 속삭이듯 말했다.

"몸을 돌려 저를 보진 마세요. 당신이 여기를 떠날 수 있는 시간이 아직 남아 있어요. 당신은 이런 곳에 어울리는 사람이 아니에요. 사람들이 당신을 발견하면 당신에게 좋지 못한 일이 생겨요."

프리돌린은 깜짝 놀라 몸을 움츠렸다. 한순간 그는 이 경고를 따를까도 생각해보았다. 하지만 호기심, 유혹, 특히 그의 자만심은 그 모든 의혹보다 더 강렬했다. 이 지경까지 왔다면 될 대로 되더라도 끝장을 봐야 하는 거 아냐? 그는 이렇게 생각하고 돌아서지 않은 채 거절한다는 듯이 머리를 흔들었다.

그러자 그 목소리가 등 뒤에서 속삭였다. "당신 걱정으로 제 마음이 아파요."

이제 그는 몸을 돌렸다. 레이스 사이로 피처럼 빨간 입술이 빛나고 있었고, 그녀의 어두운 눈은 그의 눈 속에 가라앉아 있었다. "난 여기 있겠소." 그는 영웅적인 어투로 말하고 다시 얼굴을 돌려버렸다. 이런 말투는 그 자신에게 일찍이 없던 것이었다. 성악이 기묘히게 울려 퍼졌고, 음악도 이제 더 이상 교회의 것이 아닌 전혀 새로운 방식으로 마치 파이프오르간이 부웅부웅 하는 소리처럼 세속적인 자기도취에 빠져들었다. 프리돌린은 주변을 돌아보았다. 수녀들은 모두 사라졌고 오로지 수도승들만이 홀에 남아 있다는 것을 알아차렸다. 그사이에 성악도 어두운 색조의 진지함에서 벗어나 잔뜩 기교를 부리며 상승하는 트릴을 거쳐 밝음과 환호성으로 변모되었고, 거기에 맞추어 속물적이고 저돌적인 피아노 소리가 화성 음악을 대신하여 등장했다. 프리돌린은 이렇게 난폭하면서도 선정적인 피아노 터치는 나흐티갈의 것임을 곧바로 알아차렸다. 조금 전까지만 해도 그토록 여성적인 기품을 보여주었던 성악은 마지막 울부짖음과 더불어서 날카롭고 색정적인 비명으로 바뀌어 천장을 뚫고 무한대의 곳으로 날아올랐다. 오른편과 왼편에 있는 문들이 활짝 열렸고, 그 한쪽 편 피아노에 앉아 있는 나흐티갈의 모습이 흐릿한 윤곽으로 보였다. 그러나 프리돌린 건너편의 방은 눈이 부실 정도로 밝게 빛났고, 거기에는 여자들이 움직이지 않고 서 있었다. 모두 어두운 색깔의 베일을 머리와 이마, 목덜미에 두르고, 얼굴에는 검은색 레이스 가면을 썼지만 그 외에는 완전히 나체였다. 프리돌린의 시선은 갈망에 들떠서 풍만한 몸매로부터 날씬한 몸매로, 매력적인 선을 지닌 몸매로부터 터질 듯이 피어오른 몸매로 여자의 나체 사이를 헤집고 다녔다. 옷을 걸치지 않은 이 여자들은 하나같이 비밀로 남게 될 것이고, 수수께끼 같은 검은색 가면 속의 커다란 눈동자만이 그를 건너다보며 빛날 뿐이었다. 이런 상황 속에서 말로 형언할 수 없는 환희, 아니 그저 바라만 보아야 하는 환희는 그에게 거의 견딜 수 없는 욕망의 고통으로 변해버렸다. 이런 사정은 다른 남자들 또한 마찬가지였다. 처음에는 황홀함에서 비롯된 숨소리가 이제는 한숨소리로 변하여 깊은 아픔을 하소연했다. 어디선가 울부짖는 소리가 새어 나왔다. 그리고 갑자기, 모든 남자들이 어두침침한 홀에서 나와, 마치 쫓기는 사람들처럼 여자들에게 돌진하듯 달려들었고, 여자들은 거의 음흉하면서도 실성한 것 같은 웃음소리를 터뜨리며 그들을 맞이했다. 남자들은 이제 수도승 복장이 아니었다. 하얀색, 노란색, 푸른색, 빨간색 기사 복장을 화려하게 입고 있었다. 프리돌린은 수도승 복장을 하고 남아 있는 유일한 남자였기에, 약간 겁을 집어먹고 나흐티갈 근처에 있는 가장 외진 구석으로 눈에 띄지 않게 걸어갔다. 나흐티갈은 등을 돌린 채 앉아 있었다. 그러나 프리돌린은 나흐티갈이 눈을 싸매고 있는 것을 잘 볼 수 있었고, 동시에 이 눈가리개 뒤, 그의 눈이 맞은편에 있는 높은 거울을 뚫어지게 보고 있다는 생각이 들었다. 거울 속에서는 여러 색깔의 기사들이 나체의 무희들과 춤을 추며 빙빙 돌아가고 있었다.

갑자기 이 무희들 중 한 사람이 프리돌린의 옆에 서더니 속삭이듯 말했다. 목소리까지도 비밀로 남아 있어야만

한다는 듯 큰 소리로 말하는 사람은 아무도 없었기 때문이다. "왜 그렇게 혼자 있어요? 왜 춤에 끼지 않아요?"

프리돌린은 저쪽 구석에서 두 명의 기사 귀족들이 날카로운 눈빛으로 그를 노려보고 있음을 알아챘다. 그리고 추측건대 자신의 옆에 서 있는 여자는, 아직 어린 티도 채 가시지 않은 늘씬한 몸매의 이 여자는 그를 유혹해서 조사해보라고 파견된 것 같았다. 어쨌거나 그는 팔을 뻗어 그녀를 껴안으려고 했다. 바로 그때였다. 춤추던 여자들 중 한 사람이 파트너로부터 몸을 빼내 곧장 프리돌린에게 달려왔다. 조금 전 자신에게 경고를 했던 여자라는 걸 곧바로 알아볼 수 있었다. 그녀는 그를 처음 만난 것처럼 행동하면서 건너편 구석에 있는 사람들도 충분히 들을 수 있을 만큼 또렷한 목소리로 속삭였다. "드디어 당신이 돌아왔군요?" 그리고 쾌활하게 웃으며 "모든 게 부질없게 되었어요, 당신 신분이 드러났으니까." 그러곤 어린 티가 채 가시지 않은 그 여자에게 몸을 돌려 말했다. "나한테 이 남자를 딱 2분간만 양보해줘. 그다음에는 네가 원한다면 곧바로 내일 아침까지 그를 다시 가져도 좋아." 그리고 더 낮은 목소리로 기쁨에 겨운 듯이 그녀에게 덧붙여 말했다. "이 남자가 바로 그이야, 정말 그 사람이라고." 다른 여자는 놀란 듯이 "정말이야?" 하고 말하더니, 기사들을 향해 구석으로 되돌아갔다.

"물어보지 마세요." 남아 있던 여자가 프리돌린에게 말했다. "그리고 놀랄 것은 전혀 없어요. 제가 그들을 혼란스럽게 만들어보겠어요. 하지만 지금 당장 말해줄 게 있어요. 제가 오랫동안 버틸 수는 없어요. 더 늦기 전에 어서 도망쳐요. 아니, 이미 늦었는지도 몰라요. 당신 뒤를 추적당하지 않도록 조심하세요. 그 누구도 당신이 누구인지 알아봐선 안 돼요. 당신의 안식, 당신이 누리는 평화는 영원히 끝장이 나니까요. 가세요, 어서!"

"당신을 다시 보게 될까?"

"불가능해요."

"그럼 난 남겠소."

그녀의 몸에 전율이 일었고, 그것이 그에게도 전달되자 그의 감각은 안개에 싸인 듯이 혼미해졌다.

"이 유희에서 잃을 것이 내 목숨 말고 또 뭐가 있단 말이오." 그가 말했다. "그리고 지금 이 순간, 당신은 내게 그만한 가치가 있소." 그는 그녀의 손을 붙잡고, 그녀를 껴안으려 했다.

그녀는 다시 속삭였다. 절망적인 목소리였다. "가세요!"

그는 큰 소리로 웃었고, 그 웃음소리는 꿈속에서 울려나오는 것처럼 자신의 귀에 멀리 들렸다. "내가 지금 어디 있는지, 나도 잘 알고 있소. 당신들은 오로지 그것 때문에, 그러니까 당신네들 모두는 그저 눈으로 쳐다보기만 하다가 미쳐버리려고 여기 있는 건 아니잖소! 그런데 당신은 내게 별난 장난을 하고 있으니, 날 완전히 미치게 만들 셈이오."

"너무 늦으면 안 돼요. 가세요, 어서!"

그는 그녀의 말을 들은 척도 안 했다. "여기 어딘가 으슥한 내실이 있지 않겠소? 눈이 맞은 커플들이 들어갈 만한 밀실 말이오. 여기 모인 이 사람들 모두가 손에 정중하게 키스를 하고 작별하는 것은 아니겠지? 그렇게 보이지는 않는걸."

이렇게 말하고 그는, 거울처럼 눈부시게 밝은 옆방에서 피아노의 빠른 울림에 맞춰 계속 춤을 추는 남녀 커플들을 손으로 가리켰다. 열에 들뜬 하얀 육체가 푸른색, 빨간색, 노란색 비단에 착 달라붙어 있었다. 지금은 그와 그 옆에 서 있는 여자에게 신경 쓰고 있는 것 같지 않았다. 두 사람은 거의 어둠 속에 잠긴 중앙 홀에 따로 떨어져 외롭게 서 있었다.

"부질없는 희망이에요." 그녀가 속삭였다. "당신이 꿈꾸는 그런 내실은 여기 없어요. 지금이 마지막 순간이에요. 도망쳐요!"

"나와 함께 갑시다."

그녀는 절망한 듯 고개를 세차게 흔들었다.

그는 다시 큰 소리로 웃었으나 자신의 웃음소리를 스스로는 듣지 못했다. "당신은 날 우롱하고 있소. 이 남자들과 여자들이 그저 서로 껴안고 불타오르다가 결국엔 서로를 경멸하며 밀쳐버리려고 모였단 말이오? 당신이 나와 같이 떠날 것을 원한다면야 어떤 작자가 막을 수 있단 말이오?"

그녀는 깊게 한숨을 쉬며 고개를 떨궜다.

"아, 이제 이해하겠어." 그가 말했다. "초대받지 않고 숨어 들어온 사람에게 당신네들이 정해놓은 벌이 그것이겠군. 당신네들은 그보다 더 끔찍한 벌은 고안해낼 수 없었겠지. 그 벌만큼은 면제해줘. 형벌을 좀 감해줘요. 차라리 다른 벌을, 제발 이 벌만은, 당신을 놓아두고 나 혼자 떠나라는 벌만은 안 돼."

"당신 제정신이 아니에요. 난 당신과 함께 떠날 수 없어요, 말도 안 돼. 그것은 다른 어떤 남자하고도 마찬가지예요. 그리고 훗날이라도 제 뒤를 캐보려고 시도한다면 그건 실수예요. 그런 남자는 자신의 목숨뿐만 아니라, 제 생명까지도 잃게 만들 테니까."

프리돌린은 술에 취한 것만 같았다. 사뭇 그녀에게, 그녀의 향기로운 육체에, 열에 들떠 빨개진 그녀의 입술에 취했고, 이 방 안의 분위기에, 이곳에서 그를 감싸고 있는 관능적인 비밀에 줄곧 도취했다. 그는 오늘 밤 겪은 체험들에 도취했고 동시에 갈증도 느꼈다. 그 체험들 중 어떤 것 하나도 아직 끝장을 보진 못했지만 자기 자신에게 도취했고, 자신의 대담무쌍함에, 아니 자신의 내면에서 느껴지는 변화에 스스로 도취해버렸다. 그는 그녀의 머리를 휘감고 있는 베일을 벗겨 내릴 것처럼 양손으로 만졌다.

그 순간 그녀는 그의 두 손을 움켜잡고 말했다. "어느 날 밤, 우리 중 한 남자가 춤을 추다가 엉뚱하게도 상대방 베일을 이마에서 벗겼어요. 사람들은 그의 얼굴에서 가면을 뜯어내고 채찍질을 해서 밖으로 쫓아버렸어요."

"그럼…… 그 여자는?"

"혹시 아리따운 젊은 아가씨에 관한 보도를 읽어보셨는지…… 불과 몇 주 전의 일인데, 결혼식을 하루 앞두고 음독자살을 했어요."

그는 그 사건을, 그 아가씨의 이름까지도 기억해냈다. 그 아가씨는 후작 집안 출신으로 이탈리아 왕자의 약혼녀가 아니었던가?

그녀는 고개를 끄덕였다.

기사들 중 한 사람이 갑자기 옆에 와 있었다. 모든 기사들 중에서 가장 고결하게 보이는 자로 유일하게 하얀 옷을 입고 있었다. 그 기사는 프리돌린과 이야기를 나누고 있는 여자에게 정중했지만, 동시에 명령조로 짧은 인사를 건네더니 같이 춤출 것을 요구했다. 프리돌린의 눈에는 그녀가 잠시 멈칫거리는 것 같았지만, 그뿐, 그 남자는 이미 그녀를 품에 안고 그 자리를 떠나 소용돌이처럼 빙빙 돌며 다른 커플들 쪽으로 갔다. 다른 커플들은 불빛이 현란한 옆방에서 아직도 춤을 추고 있었다.

프리돌린은 혼자 남게 되었다. 그러자 쓸쓸함이 혹독한 추위처럼 순식간에 그를 덮쳤다. 그는 주위를 둘러보았다.

이 순간만큼은 아무도 그를 신경 쓰고 있는 것 같지 않았다. 혹시 지금 이 순간이 벌을 받지 않고 자리를 뜰 수 있는 마지막 기회인지도 몰랐다. 그럼에도 불구하고 누구의 눈에도 띄지 않고 아무런 주의도 끌지 않는다고 여겨지는 이 구석 자리에 무엇에 홀리기라도 한 듯이 그를 붙잡아두고 있는 것, 그것이 무엇인지, 혹시 불명예스러운 그리고 조금은 우스꽝스러운 후퇴에 대한 수치심 때문인지, 아니면 그 여자의 매혹적인 육체, 아직까지도 향기가 남아 있는 육체를 충족하지 못해 고통으로 변해버린 욕망 때문인지, 그것도 아니라면 지금까지 일어난 모든 일이 혹시 자신의 용기를 시험해보기 위한 것에 불과하고, 결과에 따라서는 조금 전의 멋진 여자를 상품으로 배당해줄지도 모른다고 생각해서인지, 그 스스로도 알지 못했다. 그러나 어떠한 경우가 되었든 간에 분명한 것은 있었다. 이러한 긴장 상태는 더 이상 견딜 수 없다는 것, 그리고 어떤 위험을 무릅쓴다 해도 이런 상태에 종지부를 찍겠다는 생각, 그것만큼은 명백했다. 무슨 결정을 내리든 간에 목숨까지 잃을 것 같진 않았다. 혹시 익살광대들, 아니면 난봉꾼들 틈에 끼여 있는지는 모르겠지만 불량배들이나 범죄자들 사이에 있지 않다는 것만큼은 분명했기 때문이다. 그는 한가운데로 걸어 나가서 자신은 침입자라는 것을 자백하고, 기사도적 방식으로 자신을 그들에게 내맡겨버리는 상상을 해보았다. 오로지 이런 방법, 고결한 타협을 통해서 오늘 밤이 막을 내려야만 할 것 같았다. 특히 음침하면서도 괴상망측하고, 몽롱하면서도 음탕한 모험들이, 아직 그 끝을 본 것은 하나도 없었지만, 이렇게 허깨비를 본 것처럼 뒤죽박죽이 아니라 그 이상의 의미를 가져야만 한다면 오늘 밤은 고결한 타협으로 종료되어야만 마땅할 것 같았다. 그는 숨을 크게 들이쉬고 자신의 생각을 실천에 옮기려 했다.

바로 그 순간, 그 옆에서 속삭이는 소리가 났다. "암호는?" 뜻밖에도 검은 옷의 기사 하나가 곁에 다가와 있었다. 프리돌린이 곧바로 대답을 하지 않자 그가 또 물었다. "덴마크." 프리돌린이 대답했다.

"아주 정확합니다, 선생. 그건 출입구 암호요. 하우스 안에서의 암호를 부탁드려도 되겠습니까?"

프리돌린은 잠자코 있었다.

"하우스 암호를 고분고분 말해줄 생각은 없군요!" 그의 목소리가 날카롭게 울렸다.

프리돌린은 어깨를 으쓱 치켜올리기만 했다. 다른 기사 하나가 홀의 한가운데로 나가 손을 들자, 피아노 연주가 잠잠해졌고 더불어 춤도 중단되었다. 두 사람의 다른 기사들, 노란 옷과 빨간 옷의 기사들이 가까이 다가왔다. "이 양반아, 암호!" 두 사람이 동시에 소리쳤다.

"잊었습니다." 프리돌린은 공허한 미소와 함께 대답했

지만, 마음만은 아주 침착하다는 것을 느꼈다.

"불행한 일이군." 노란 옷의 신사가 말했다. "당신이 암호를 잊어버렸건 아니면 전혀 모르고 있건 간에, 이곳에서는 마찬가지로 취급돼."

지켜보고 있던 남자 가면들이 우르르 몰려왔고 양쪽으로 통하는 문이 닫혔다. 프리돌린은 수도승 복장을 입은 채 화려한 색깔의 기사들 한가운데에 홀로 서 있게 되었다.

"가면 벗겨!" 몇 사람이 동시에 외쳤다. 방어하려는 듯이 프리돌린은 팔을 앞으로 뻗었다. 옷 입은 사람들 사이에서 갑자기 나체가 되는 것보다는, 가면을 쓴 시끌벅적한 사람들 사이에서 가면 벗은 얼굴로 혼자 서 있는 것이 몇천 배나 더 끔찍한 일처럼 여겨졌다.

그는 단호한 어조로 말했다. "여러분 중 어떤 한 사람이라도 내가 나타난 것 때문에 혹시 명예가 손상되었다고 느끼신다면, 선언하건대 통례에 따라 명예 회복을 해드릴 각오가 되어 있습니다. 하지만 가면은 당신들 모두가 똑같이 벗는 경우에 한해서만 벗겠습니다. 알겠습니까."

"이곳에서 문제가 되는 건 명예 회복이 아니야." 지금까지 입을 다물고 있던 빨간 옷의 기사가 말했다. "속죄를 하는 거지."

"가면 벗어!" 찌렁찌렁하고 저돌적인 목소리로 다른 사람 하나가 다시 명령을 내렸다. 이 목소리에서 프리돌린은 장교들이 내지르는 명령조의 말투를 기억해냈다. "당신이 고대하는 것은 당신 얼굴에 직접 대고 말해주겠어. 가면에 대고 말하진 않아, 벗어."

"난 벗지 않습니다." 프리돌린은 더욱 매서운 어투로 말했다. "내 가면에 감히 손을 대는 작자는 따끔한 맛을 보여주겠어."

누군가가 갑자기 그의 얼굴을 향해 팔을 뻗었다. 그의 가면을 벗겨 내릴 것처럼 보였는데, 바로 그 순간 양쪽 문 중 하나가 갑자기 열리며 여자들 가운데 한 사람이 앞으로 걸어 나와 그 자리에 우뚝 섰다. 프리돌린은 그녀가 누구인지 의심해볼 필요가 없었다. 그가 그녀를 처음 보았을 때처럼 그녀는 수녀복을 입고 있었다. 그 뒤편, 눈부시게 밝은 방 안에는 다른 여자들이 있었다. 아직도 얼굴만 가린 나체였고, 겁에 질려서 말문을 잃고 몸을 웅크린 채 서로 바짝 붙어 서서 한 무리를 이루고 있었다. 그러나 문은 곧바로 다시 닫혀버렸다.

"그 남자를 놓아줘요." 그 수녀가 말했다. "저는 그를 놓아줄 준비가 되어 있어요."

뭔가 엄청난 일이 발생한 것처럼 잠깐 동안 깊은 침묵이 흘렀고, 프리돌린에게 처음으로 암호를 요구했던 검은 옷의 기사가 수녀에게 확인하듯 물었다. "네가 그 대신에 뒤집어쓰는 게 무엇인지 알고 하는 소리겠지."

"알고 있어요."

놀란 나머지 숨을 깊게 들이마시는 소리가 방 안에 가득 울려 퍼졌다.

"당신은 자유요." 그 기사가 프리돌린에게 말했다. "즉시 이 집을 떠나시오. 그리고 당신은 비밀의 앞마당까지는 숨어 들어왔지만 이곳의 비밀을 계속 캐려고 하지 마시오. 당신이 혹시 누군가를 시켜서 우리의 흔적을 조사케 한다면 성공하든 실패하든 간에 당신은 끝장이오."

프리돌린은 꼼짝하지 않고 그 자리에 우뚝 서 있었다. "대관절 어떤 방식으로, 이 여자가 날 풀어준단 말이오." 그가 물었다.

대답이 없었다. 몇 사람의 손이 문 쪽을 가리켰다. 당장 이곳을 떠나라는 신호인 듯했다.

프리돌린은 머리를 흔들었다. "내게 벌을 내리시오. 여러분, 당신들 마음대로 하세요. 다른 사람이 나를 대신하여 대가를 치르는 것만은 참지 못하겠소."

"이 여자의 운명에 관해서라면" 검은 옷의 기사가 이제는 아주 부드러운 목소리로 말했다. "당신이 바꿀 수 있는 건 더 이상 없어요. 이 자리에서는 한 번 약속을 하면 번복되지 않습니다."

수녀복을 입은 여자기 그 말을 확인이라도 해주는 듯이 고개를 천천히 끄덕였다. "가세요!" 그녀가 프리돌린에게 말했다.

"아니." 그는 목청을 돋우어 대답했다. "내가 당신만 두고 이곳을 떠난다면 산다는 것도 나에겐 더 이상 가치가 없을 것이오. 당신이 어디에서 왔는지, 당신이 누구인지, 그런 것이 알고 싶어서 이러는 게 아니오. 누구인지도 모르는 신사 여러분께 드리고 싶은 말이 있소. 당신네들은 지금 이 사육제 코미디를, 설령 그것이 진지하게 막을 내리도록 되어 있다고 해도, 끝까지 상연하든 안 하든 간에 무슨 의미가 있단 말입니까? 당신네들이 어떤 분들이든 간에, 신사 여러분, 당신들은 어쨌거나 지금 이 자리와는 다른 삶을 살고 계시지 않겠습니까. 그러나 난 코미디를 할 생각은 추호도 없습니다. 지금 이 자리에서도 말입니다. 그리고 지금까지는 내가 어쩔 수 없이 그렇게 했다 해도, 이제 그런 짓은 깨끗이 청산하겠습니다. 나는 지금 이따위 가면 장난과는 더 이상 관련되어서는 안 되는 운명에 빠졌다는 생각이 듭니다. 당신들께 내 이름을 말해주고 내 가면도 벗어버리고, 그리고 그 모든 결과에 대해 스스로 책임을 지겠습니다."

"제발 안 돼요!" 그 수녀가 소리쳤다. "저를 구하지도 못하고, 당신 스스로도 파멸하게 됩니다! 가세요, 어서!" 그리고 다른 이들에게 몸을 돌리며 말했다. "자아, 여기 내가 있어, 날 가져요. 당신네들 모두 다!"

마술을 부리는 듯 어두운 색 옷이 그녀의 몸에서 떨어

져 내렸고, 하얀 육체의 광채 속에 그녀가 바로 눈앞에 서 있었다. 그녀는 이마, 머리 그리고 목덜미를 감싸고 있던 베일을 향해 손을 뻗더니 멋진 곡선을 그리며 그것을 풀기 시작했다. 베일은 바닥에 떨어지고, 그녀의 검은 머릿결이 어깨를 넘어 젖가슴과 허리를 뒤덮으며 흘러내렸다. 그러나 프리돌린이 그녀의 얼굴 형상만이라도 흘끗 눈에 담을 수 있으리라고 생각한 바로 그 순간, 저항할 수 없는 완강한 팔에 붙잡혀 질질 끌려 나와 문밖으로 밀쳐졌고, 그다음엔 벌써 현관 대기실에 나와 있었다. 등 뒤에서 문이 닫히더니 가면을 쓴 하인이 모피 코트를 가져와 옷 입는 것을 거들어주었다. 현관문이 열리고 눈에 보이지 않는 폭력에 등을 떼밀리기라도 한 양, 그는 허둥지둥 앞으로 걸어 나와 곧 길거리에 서 있게 되었다. 그의 등 뒤를 비추던 불빛이 꺼졌다. 주변을 둘러보자, 그 집이 보였다. 그는 아무 말 없이 우두커니 서 있었다. 닫힌 창문 밖으로 희미한 불빛조차 새어 나오지 않았다. 이 모든 것을 정확하게 기억해놓아야 한다는 생각이 무엇보다도 앞섰다. 이 집을 다시 찾아야만 이후의 모든 의문이 풀릴 것이기 때문이었다.

밤이 주위를 감싸고 있었다. 어느 정도 떨어진 저 위쪽에서 마차가 그를 기다리고 있을 터였다. 그곳에서 마차의 불그레한 능불이 희미하게 비쳤다. 그러나 골목길 깊숙한 곳에서 나타나 가까이 다가온 것은 장례 마차였다. 그가 부르기라도 한 것 같았다. 하인이 마차 문을 열었다.

"내가 타고 온 마차가 있소." 프리돌린이 말했다. 하인은 머리를 흔들었다. "그 마차가 혹시 떠났다면, 난 걸어서 시내로 돌아가겠소."

그 하인은 손짓으로 대답을 했다. 하인에게 어울리는 공손한 태도와는 거리가 있었고 아무리 항변을 해도 소용이 없었다. 마부가 쓰고 있는 실린더 모양의 모자가 밤하늘 속으로 우뚝 솟아 우스꽝스럽게 보였다. 바람이 세차게 불었고 하늘에는 보랏빛 구름이 흘러가고 있었다. 지금까지의 경험에 비추어보면, 마차에 올라타는 것 이외에는 별다른 방법이 없다는 걸 의심할 수 없었다. 그가 올라타자 마차는 지체하지 않고 움직이기 시작했다.

프리돌린은 어떤 위험이 닥친다 해도 가능한 한 빨리 오늘 저녁의 모험을 해명하겠다고 굳게 결심했다. 지금 이 시간, 자신을 구하고 그 대가를 치르고 있을 그 여자, 이해할 수 없는 그 여자를 다시 찾지 못한다면 자신의 삶은 더 이상 아무 의미도 없는 것처럼 여겨졌다. 그 여자가 어떤 대가를 치를지는 너무나도 뻔한 문제였다. 그러나 무슨 이유로 그녀가 나를 위해 스스로를 희생하는가? 희생이라니……? 그녀의 눈앞에 지금 벌어지고 있는 일, 그녀가 지금 받아들이고 있는 일이 도대체 그 여자에게도 희생을 의미하는 걸까? 그녀가 이런 모임에 자발적으로 참여했다면야…… 게다가 모임의 관습들을 속속들이 알고 있었으니, 이를 미루어보면 오늘 처음 참가했다고도 할 수 없었다. 그렇다면 그 기사들 중 한 녀석, 아니면 그놈들 모두의 뜻대로 해주는 것이 그녀에게 그 무슨 대단한 일일 수 있겠는가? 정말 창녀가 아니라면 그녀는 도대체 그 무엇일 수 있단 말인가? 그것들 모두 창녀야, 의심할 나위 없이. 혹시 그 여자들이 모두 제2의 인생, 소위 시민적인 삶을 여벌로 살고 있다 해도, 그런 인생도 창녀 짓이긴 역시 마찬가지야. 그러나 혹시 조금 전에 겪은 일들 모두가 비열하기 짝이 없는 장난, 자신을 상대로 벌인 장난에 불과한 건 아닐까? 초대받지 않은 자가 언젠가는 한번 숨어 들어올 경우를 미리 예견하여 준비해놓은 장난, 어쩌면 연극 무대처럼 사전 연습까지 철저하게 마친 장난은 아닐까? 그러나 처음부터 그에게 경고를 했던 그 여자, 자신을 대신하여 죗값을 치를 준비가 되어 있던 그 여자를 다시 생각해보았다. 그 여자의 목소리, 몸가짐, 벌거벗은 육체의 당당한 기품에는 거짓일 수 없는 그 무엇인가가 들어 있었다. 아니면 프리돌린의 갑작스러운 출현이 하나의 기적으로 작용하여 그녀를 변화시켜버린 것은 아닐까? 오늘 저녁 그에게 일어난 모든 일을 미루어보면 이런 변화가 불가능한 것이라고는 생각되지 않았고, 자신의 이런 생각도 허황되기만 한 것 같지는 않았다. 일상적인 상황에서는 이성에 대해 특별난 힘을 지니고 있지 못한 남자들도 혹시 어떤 특정한 시간 또는 밤이 되면 거역할 수 없는 기이한 마력을 뿜어내는 것은 아닐까?

마차는 아직도 언덕을 계속 올라가고 있었다. 제대로 가고 있다면 그는 벌써 큰길로 꺾어졌어야 옳았다. 무슨 꿍꿍이속이지? 도대체 어디로 데려가겠다는 거야? 혹시 이 코미디가 속편으로 연결되나? 그렇다면 어떤 성격의 것일까? 혹시 계몽적인 것? 아니면 다른 장소에서 그녀와의 유쾌한 재회? 시험에 명예롭게 합격했다고 포상을 받고, 비밀 모임의 회원으로 받아들여지나? 포상은 눈부시게 아름다운 수녀를 방해받지 않고 소유하는 것, 그것일까? 마차의 창문은 가려져 있었고 프리돌린은 밖을 내다보려고 애를 썼다. 하지만 창은 불투명했다. 그는 창문을 열려고 했다. 왼쪽 창문, 오른쪽 창문, 모두 허사였다. 그와 마부석 사이의 유리 벽도 역시 불투명했고 굳게 닫혀 있었다. 그는 유리창을 두드리고 큰 소리를 치다가 비명까지 질렀지만 마차는 계속 달렸다. 그는 마차의 문을 열려고 했다. 왼쪽 문, 오른쪽 문 모두 꼼짝달싹하지 않았고 그가 새롭게 부르짖는 소리는 마차 바퀴의 덜커덩거리는 소리와 바람을 가르는 소리에 묻혀버렸다. 마차가 기우뚱거리며 산기슭으로 달리기 시작하더니 점점 속도가 빨라졌다. 프리돌린은 불안과 공포에 사로잡힌 나머지, 굳게 닫힌 창문들 중 하나를 박살 내려고 했다. 그 순간 마차가 갑자기 멈췄다. 마차의 양쪽 문이 동시에 열렸다. 하나의 기계장치에 연결되어 있는 것 같았다. 아이러니하게도 왼쪽과 오른쪽 문 가운데 하나를 프리돌린더러 선택하라고 하는 것처럼 보였다. 그가 마차에서 뛰어내리자 문이 곧바로 닫혔다. 그리고 마부는 프리돌린을 조금도 신경 쓰지 않고 그 자리를 떠나 거칠 것 없는 들판을 가로질러 밤 속으로 사라져갔다.

하늘은 잔뜩 흐려 있었다. 구름이 쫓기듯이 흘러갔고 바람은 휘파람 소리를 냈다. 프리돌린은 눈〔雪〕속에, 주위에 창백한 빛을 발산하는 눈 한가운데에 서 있었다. 그는 열어젖힌 모피 코트를 수도사 복장 위에 걸치고 머리에는 순례자 모자를 아직도 쓰고 있었지만, 홀로 서 있었기 때문에 곧바로 몸을 숨겨야 한다는 생각이 들지 않았다. 조금 떨어진 곳에 넓은 길이 있었다. 흐릿하게 깜박이는 가로등 불빛들이 가톨릭 축제의 촛불 행렬처럼 늘어서서, 시내로 들어가는 방향을 표시해주었다. 그러나 프리돌린은 길을 단축해서 일직선으로 걸었다. 가능한 한 빨리 사람들에게 도달하기 위해서 눈이 내려 발이 푹푹 빠지는 들판을 가로질러, 계속 아래로 내려갔다. 그리고 발이 흠뻑 젖은 채 가로등이 거의 없는 좁은 샛길로 일단 들어섰다. 높은 판자 울타리 사이로 난 길이었다. 판자 울타리는 세차게 부는 바람 속에서 삐걱삐걱 신음 소리를 냈다. 다음 모퉁이를 돌자 그는 제법 넓은 골목길로 들어섰다. 자그마한 집들과 공터들이 서로 번

갈아 가며 드문드문 늘어서 있었다. 어느 시계탑에서 새벽 3
시를 알리는 소리가 들렸다. 누군가가 프리돌린 쪽으로 오
고 있었다. 짧은 상의에 두 손을 바지 주머니에 푹 찌르고,
잔뜩 웅크린 머리에는 모자를 이마 깊숙이 눌러쓰고 있었
다. 프리돌린은 혹시 모를 공격에 대비하는 자세를 취했지
만, 부랑자 같은 이 남자는 프리돌린을 보더니 갑자기 몸을
돌려 줄행랑을 쳐버렸다. 왜 저렇게 도망을 치지? 프리돌린
은 속으로 물어보았다. 그리고 자기 자신이 섬뜩하게 보이
고도 남는다는 것을 깨닫고, 곧바로 순례자 모자를 벗어 들
고 코트의 앞 단추도 잠갔다. 그렇지만 모피 코트 아래에는
그것과는 전혀 어울리지 않는 수도사 복장이 발목까지 치렁
거렸다. 다시 길모퉁이를 돌아서자 도시 외곽의 큰길이 나
타났다. 시골 농부처럼 차려입은 한 사람이 그의 곁을 지나
가며 마치 신부님에게 하듯이 인사를 건넸다. 가로등 불빛
이 모퉁이 집에 붙어 있는 주소를 밝혀주었다. 리프하르츠
탈 거리였다. 이 거리는 그가 떠난 지 한 시간도 안 되는, 가
면 대여업자의 집에서도 그리 멀리 떨어진 곳이 아니었다.
일순간, 그는 왔던 길을 되돌아가 그 집 근처에서 일의 진행
상황을 목이 빠지게 지켜보고 싶은 유혹에 사로잡혔다. 그
러나 그는 돌리려던 발걸음을 다시 멈췄다. 그랬다가는 더
큰 위험에 직면할 수도 있었고, 그렇다고 수수께끼의 해결
에 좀더 접근하는 것도 아니라고 생각했기 때문이다. 하지

만 지금 이 순간, 그 고급 저택에서 일어나고 있을 일들을 머릿속으로 떠올려보자 분노, 절망, 수치심과 공포가 그를 사로잡았다. 이러한 심정은 너무나 견디기 어려웠으므로 프리돌린은 조금 전에 만났던 부랑자 같은 남자에게 습격받지 않은 것이 못내 아쉬웠다. 갈비뼈 사이에 칼침을 맞고 인적이 드문 골목길의 판자 울타리 옆에 쓰러지지 않은 것이 그저 유감천만이었다. 차라리 그랬더라면, 어리석게도 중간에 멈춘 모험 때문에 미쳐버릴 것 같은 오늘 밤도 결국 일종의 의미를 얻게 되었을 텐데. 그는 이제 집 방향으로 발걸음을 옮겨놓았다. 이렇게 집으로 돌아가는 것이 우스꽝스럽게 여겨졌다. 하지만 그렇게 한다 해도 아직 잃을 것은 없었다. 내일도 역시 날이니까. 그 아름다운 여자, 자신을 도취시켰던 눈부신 나체를 지닌 그 여자를 다시 찾기 전에는 결코 편안히 쉬지 않겠다고 마음속으로 맹세했다. 그리고 그는 비로소 알베르티네를 생각했다. 하지만 그녀 역시 이제 비로소 정복해야만 할 낯선 상대처럼 느껴졌다. 오늘 저녁의 다른 여자들, 나체의 그 여인, 광대 소녀, 마리안네, 좁은 골목길에 사는 어린 창녀의 배후를 캐보기 전에는 알베르티네가 자신의 여인이 될 수도 없고, 또 그렇게 되어서도 안 될 것만 같았다. 그리고 그 뻔뻔스러운 대학생 놈, 자신을 툭 치고 지나간 그 자식을 찾아내 검투를, 아니 차라리 권총 결투를 신청해야 하지 않을까? 다른 녀석의 목숨이 나와 무슨 상관이며 나 자신의 목숨이 뭐 그리 대단하단 말인가? 언제나 의무감, 희생정신으로 목숨을 내놓고, 기분이나 열정, 아니 단순히 자신의 운명을 시험해보기 위한 일에 결코 목숨만은 걸지 마라, 그런 법이 어디 있단 말인가?!

갑자기 그는 자신의 육체 속에 죽음에 이르는 병이 이미 싹트고 있을지도 모른다는 생각이 들었다. 디프테리아에 걸린 아이가 자신의 얼굴에 기침을 해댄 것, 바로 그것 때문에 죽게 된다면 그 얼마나 우둔한 짓일까? 혹시 자신이 벌써 병들어 있는지도 모를 일이었다. 지금 열이 있는 건 아닐까? 아니 지금 이 순간, 난 내 집의 침대에 누워 있는 건 아닐까? 그리고 내가 체험했다고 믿었던 이 모든 일, 이건 그저 정신착란에 불과한 것은 아닐까?

프리돌린은 두 눈을 가능한 한 크게 부릅떴다. 이마와 뺨을 문지르고 맥박을 재보았다. 빨라지지는 않았다. 모든 것이 정상이었다. 그의 정신은 완전히 깨어 있었다.

그는 시내 쪽으로 계속 걸었다. 새벽 시장에 나가는 몇 대의 마차가 등 뒤에서 다가오더니 덜컹거리며 옆을 지나쳐 갔고, 때때로 초라하게 차려입은 사람과 마주쳤다. 이들에게는 하루 일과가 이미 시작되는 중이었다. 어느 카페의 창문 뒤, 가스 등불이 깜박거리는 탁자에는 목도리를 두른 뚱뚱한 남자가 턱을 괸 채 잠들어 있었다. 집들은 아직 어둠에 잠겨 있었다. 몇몇 창문들에는 불이 드문드문 밝혀져 있었고, 프리돌린은 사람들이 잠에서 천천히 깨어나고 있음을 느꼈다. 아직 침대에 누운 채 기지개를 켜며 궁색하고 고된 하루를 준비하는 모습이 눈에 보이는 것만 같았다. 그에게 도 역시 또 하루가 눈앞에 있었지만 궁색하거나 칙칙한 것 은 아니었다. 그리고 몇 시간 후면 이제 곧 하얀 가운을 걸 쳐 입고 환자들의 침대 사이를 돌아다닐 것을 생각하자 기 쁨이 몰려왔고, 이상하게도 가슴까지 두근거렸다. 눈앞에 있는 길모퉁이에 마차 한 대가 서 있었고 마부는 자리에 앉 은 채로 잠들어 있었다. 프리돌린은 그를 깨워 집 주소를 알 려주고, 마차에 올라탔다.

제5장

새벽 4시, 그는 자신의 집 계단을 올라갔다. 우선 진료실로 들어가서 가면과 의상을 꼼꼼하게 챙겨 옷장 안에 숨겨놓았다. 그리고 알베르티네가 깨는 것은 원치 않았기 때문에 구두와 옷을 벗어놓은 다음 침실로 들어섰다. 그는 조심스레 침대 탁자에 딸린 희미한 전등불을 켰다. 알베르티네는 조용히 누워 있었다. 양팔로 목 베개를 한 채 입술은 반쯤 벌어져 있고 고통스러운 그림자가 그녀의 입가에 맴돌고 있었다. 프리돌린은 처음 보는 표정이었다. 그가 그녀에게 몸을 숙이자, 마치 건드리기라도 한 것처럼 이마에 주름이 잡혔고 그녀의 표정이 이상야릇하게 일그러졌다. 그러다가 갑자기, 아직 잠에서 깨어나지 않은 채 너무나 날카로운 소리를 내며 웃음을 터뜨렸다. 그 바람에 프리돌린은 소스라치게 놀랐다. 자기도 모르는 사이에 그는 그녀의 이름을 불렀다. 그녀는 다시 웃었다. 마치 대답이라도 하는 것 같았지만 완전히 낯선, 거의 으스스한 기분을 불러일으키는 웃음이었다. 다시 한번 프리돌린은 큰 소리로 그녀 이름을 불렀다.

그녀는 힘에 겨운 듯 천천히 눈을 크게 뜨고서, 고정된 시선으로 그를 올려다봤지만 알아보지는 못한 것 같았다.

"알베르티네!" 그가 세번째로 소리쳤다. 그제야 그녀는 비로소 정신이 드는 것 같았다. 방어, 공포, 경악의 표정이 그녀의 눈에 동시에 떠올랐다. 그녀는 절망적으로 두 팔을 무의미하게 치켜들고 입을 벌린 채 그대로 있었다.

"무슨 일이야?" 프리돌린이 물으며 숨을 멈췄다. 하지만 그녀는 아직도 경악 속에서 빠져나오지 못한 사람처럼 계속 그를 응시하고만 있었다. 그녀를 진정시키려는 듯이 그가 덧붙여 말했다. "나야, 나. 알베르티네." 그녀는 숨을 깊이 들이마신 후에 미소를 지으려고 애를 쓰며 두 팔을 이불 위에 내려놓고 아득히 먼 곳에서 울려 나오는 것 같은 목소리로 물었다. "벌써 아침이야?"

"곧." 프리돌린이 대답했다. "4시가 넘었어. 난 조금 전 집에 왔어." 그녀는 말이 없었다. 그가 계속 말했다. "궁중 고문관은 죽었어. 내가 갔을 땐 이미 죽어 있었어. 하지만 난, 당연한 일이지만 가족들만 그 자리에 남겨둘 수 없어서."

그녀는 고개를 끄덕였지만 그의 말을 거의 듣고 있지 않고 이해를 못 하는 것처럼 보였다. 그녀의 시선은 그를 관통하여 등 뒤편 허공을 응시하는 듯했고, 그에게는 이 순간에 이런 말상을 한다는 것 자체가 어리석은 짓이긴 했지만, 오늘 밤 겪었던 일을 그녀가 이미 알고 있음이 분명하다는 생각이 들었다. 그가 몸을 구부려 이마를 쓰다듬어주자, 그녀는 가볍게 몸을 떨었다.

"무슨 일이 있었어?" 그가 다시 물었다.

그녀는 머리를 천천히 가로저었다. 그는 그녀의 머리카락을 쓰다듬으며 말했다. "알베르티네, 무슨 일이 있었어?"

"꿈꿨어." 그녀의 목소리는 멀리서 들렸다.

"도대체, 무슨 꿈을 꾸었는데 그래?" 그가 부드럽게 물었다.

"아, 너무 많아서. 제대로 기억해낼 수 없어."

"그래도 혹시 잘 생각해보면."

"너무 혼란스럽고, 게다가 난 피곤해. 그리고 당신도 피곤하지 않아?"

"조금도 피곤하지 않아, 알베르티네. 이젠 더 이상 잠이 오지 않을 것 같아. 당신도 잘 알잖아. 이렇게 늦게 집에 돌아오는 날에는, 책상에 곧바로 붙어 앉아 있는 게 가장 현명한 일이라는 걸. 특히 이런 새벽 시간엔." 그는 하던 이야기를 중단하고 다시 말했다. "하지만 당신 꿈 이야길 좀 해주지 않겠어?" 그는 억지로 미소를 지었다.

그녀가 대답했다. "당신은 잠깐이라도 누워야 하지 않겠어?"

그는 잠시 망설이다가, 그녀가 원하는 대로 몸을 길게 뻗고 그녀 곁에 누웠다. 하지만 그는 그녀의 몸에 닿지 않으려고 조심했다. '우리 사이에 한 자루의 칼'이란 자신의 발언을 그는 기억해냈다. 언젠가 한번 이와 비슷한 상황에서 자신의 머리에 떠올라, 그가 던졌던 농담조의 말이었다. 두 사람은 서로 침묵을 지켰고, 눈을 뜬 채 누워서 그들 관계의 가까움과 낯섦을 느꼈다. 잠시 후 그는 머리를 팔로 괴고, 그녀를 오랫동안 관찰했다. 마치 그녀의 얼굴 윤곽보다도 더 많은 것을 볼 수 있다는 듯이 그렇게 바라보고 있었다.

"당신 꿈 이야길!" 그가 갑자기 다시 한번 말을 꺼내자, 그녀는 마치 그런 요청만을 기다리고 있었던 사람처럼 행동했다. 그녀가 한 손을 내밀었다. 그는 습관적으로 그녀의 손을 잡았다. 그러나 정감이 있다기보다는 건성이었고, 장난하듯이 그녀의 가냘픈 손가락을 움켜쥐고 있었다. 그녀는 꿈 이야기를 꺼내기 시작했다.

"뵈르터 호숫가, 그곳 작은 전원주택에 있던 그 방을 아직 기억해? 우리가 약혼하던 그해 여름 내가 부모님과 함께 지냈었던?"

그는 고개를 끄덕였다.

"그러니까 꿈이 시작된 것은 내가 그 방 안으로 들어오면서부터였어. 하지만 내가 어디에 있다가 들어왔는지, 그건 모르겠어. 연극배우가 무대 위로 나오듯이 그렇게 등장했으니까. 내가 알고 있는 것은 단지 부모님이 날 혼자 남겨두고 여행 중이었다는 것밖에. 난 의아했어, 내일이면 우

리 결혼식이잖아. 그런데 아직 웨딩드레스도 없었으니. 내
가 혹시 착각한 건 아닐까? 옷장을 열고 찾아봤지만 웨딩드
레스 대신 다른 옷들만 잔뜩 걸려 있잖아. 모두 무대의상이
었어. 오페라 의상, 화려한 의상, 아라비아풍의 의상. 결혼식
엔 도대체 뭘 입어야 좋담? 이런 생각을 하고 있는데 갑자기
옷장 문이 다시 닫혀버렸는지 아니면 눈앞에서 아예 사라졌
는지, 더 이상은 모르겠네. 어쨌든 방 안이 무척 밝았어, 하
지만 창문 밖은 칠흑같이 어두운 밤이었는데…… 어느 순간
갑자기 당신이 창밖에 서 있더군. 갈레선의 노예들이 당신
을 이곳까지 모셔왔는데 어둠 속으로 막 사라지는 것이 보
였어. 당신은 매우 비싼 옷을 입었더군, 금과 은으로 장식된
옷이었어. 그리고 은 수술이 달린 단도를 옆에 차고서 날 번
쩍 안아서 창문 밖으로 내려줬어. 나도 그때만큼은 공주님
처럼 화사하게 차려입었고. 우리 두 사람은 은은한 빛이 비
치는 들판에 서 있었어, 부드러운 안개가 우리의 발목까지
올라와 있고. 그러나 그곳은 아주 낯익은 장소였어. 바로 눈
앞에 호수가 있고, 그 건너편에 산이 펼쳐져 있고, 그리고
장난감 상자에서 꺼내놓은 것처럼 시골집들도 여기저기 흩
어져 있고. 그러나 당신과 나, 우리 두 사람은 공중에 둥실
둥실 떠서 안개 위로 날아올랐어. 나는 이게 우리의 신혼여
행이라고 생각했어. 하지만 어느새 우리는 더 이상 날지 않
고 숲길을 걷고 있었어, 엘리자베트 언덕으로 올라가는 숲

길이었는데. 그러다가 갑자기 아주 높은 산속, 숲속 빈터 같은 곳에 우리가 와 있는 거야. 그곳은 삼면이 모두 숲으로 둘러싸여 있고, 뒤쪽으론 가파른 암벽이 높이 솟구쳐 있었어. 우리 머리 위에는 별이 빛나는 하늘이 너무너무 푸르고 아득하게 펼쳐져 있었어. 아마 이런 것은 현실에서는 결코 존재하지 않을 거야. 이것은 우리 신혼 침실의 천장이었어. 당신은 날 포옹하며 정말로 뜨겁게 사랑해주었지."

"당신도 내게 마찬가지였겠지." 프리돌린은 보이지 않게 음험한 미소를 띠고 말했다.

"내가 훨씬 더 뜨거웠을 거야." 알베르티네는 진지하게 대답했다. "하지만 당신에게 이런 걸 어떻게 설명해야 할지 정말 모르겠네. 그렇게 뜨거운 포옹에도 불구하고 우리의 애정에는 우수가 가득 차 있었으니. 앞날에 닥치게 될 괴로움을 미리 예견이라도 한 것처럼 말이야. 그러다가 갑자기 아침이 찾아왔어. 밝은 초원엔 꽃들이 화려하게 피어 있고, 주변의 숲엔 이슬이 가득 맺혀 찬란한 빛을 뿜어내고, 그리고 암벽 위에 햇살이 부서져 떨리고 있었어. 이제 우리 두 사람은 세상 사람들이 있는 곳으로 다시 내려가야만 했어. 더 이상 지체할 시간이 없었거든. 그런데 끔찍한 일이 생겼어. 우리 옷이 모두 없어져버린 거야. 난 이루 말할 수 없는 경악에 사로잡혔고 타오르는 수치심을 못 이겨 마음이 무너져 내렸어. 동시에 마치 당신 혼자만 이런 불행한 사태에 책임이 있는 것처럼 난 당신에게 분노를 느꼈어. 그래. 경악 그리고 수치심 그리고 분노, 이런 감정들이 어찌나 격렬했 던지 내가 깨어 있었을 때 느꼈던 그런 감정들과 말로 비교 할 수 없을 정도였어. 하지만 당신은 자신의 죄가 뭔지를 의 식하고, 옷가지를 구하려고 벌거벗은 몸으로 자리를 박차고 일어나 산 밑으로 뛰어가더라고. 당신이 사라지자 내 마음 은 아주 가벼워졌어. 난 당신이 그렇게 가엾지 않았고, 당신 걱정을 하지도 않았어. 난 내가 혼자 있게 되었다는 것이 그 저 기뻐서 행복에 겨워 초원 위를 이리저리 뛰어다니며 노 랠 불렀어. 우리가 가면무도회에서 들었던 그 춤곡의 멜로 디였지. 내 목소리가 너무 멋있게 울려 퍼지기에 난 저 아래 도시에서도 내 목소릴 들었으면, 하고 바랐어. 보이지는 않 았지만 난 그 도시를 분명히 의식하고 있었으니까. 내 발아 래 저 깊숙한 곳에 있는 그 도시, 높은 성벽에 둘러싸여 있 었는데, 정말 환상적으로 아름다운 도시라서 내가 제대로 묘사할 수 없을 정도야. 아라비아 양식도 아니고, 그렇다고 꼭 고대 독일식이라고도 할 수 없는데, 하지만 어찌 보면 아 라비아 양식처럼 보이고 어찌 보면 고대 독일식으로도 보 여서, 아직까지도 왔다 갔다 해. 어쨌든 이미 오래전에 영원 히 가라앉아버린 도시였어. 갑자기 난 초원 위에 몸을 쭉 뻗 고 태양의 광채 속에 누워 있었어. 난 현실에서보다도 훨씬 더 아름다웠지. 이렇게 누워 있는 동안에 숲속에서 한 남자가 걸어 나오더라고. 새로 유행하는 밝은색 양복을 입은 젊은 남자였는데, 이제 생각해보니 내가 어제저녁에 이야기한 덴마크 남자와 거의 비슷하게 생겼어. 그는 길을 가다가 내 곁을 지나쳐갈 때 매우 정중하게 인사를 했어. 하지만 더 이상 내게 눈길을 주지 않고 똑바로 암벽 앞으로 걸어가더니, 그것을 꼼꼼히 살펴보는 거야. 이 암벽을 어떻게 하면 정복할 수 있을까, 그런 것을 심사숙고하는 것 같았어. 이와 동시에 난 당신 모습도 보고 있었어. 당신은 가라앉은 도시에서 이 집에서 저 집으로, 이 상점에서 저 상점으로 바쁘게 뛰어다니더라고. 갑자기 가로수가 우거진 거리에 나타났다가 곧 터키 전통시장 거리에 나타났다가, 그러면서 맘에 드는 물건들을 몽땅 사들였어. 의상, 속옷, 구두, 보석. 날 위한 것이라면 뭐가 되었든 닥치는 대로 사서 노란색 가죽 가방에 집어넣었어. 그 가방은 작았지만 물건들이 한도 끝도 없이 다 들어갔어. 그렇지만 당신은 아까부터 한 무리의 사람들에게 계속 쫓겨 다니고 있었어. 보이진 않았지만 그들이 위협하는 함성이 어렴풋이 들렸거든. 그때 그 남자가 다시 나타났어. 조금 전 암벽 앞에 서 있던 그 덴마크 남자 말이야. 그가 다시 숲에서 나와 나한테 걸어왔어. 그사이에 그 남자는 전 세계를 떠돌아다녔다는 것을 난 알고 있었어. 그는 조금 전의 남자와는 틸라 보였지만 사실은 똑같은 남자였어. 첫번째와 마찬가지로 그는 암벽 앞에 서 있다가 다시 사라지고, 그 후 다시 숲에서 나왔다가 사라지고, 또다시 숲에서 나왔는데. 그런 일이 두 번, 세 번…… 아, 아니야, 한백번은 반복된 것 같아. 그는 항상 같은 남자였지만 매번 다른 남자처럼 보였고, 내 옆을 지나쳐갈 때마다 매번 인사를 건넸고, 그러다가 드디어 내 앞에서 걸음을 멈추더니 날 시험하듯이 응시했어. 난 그를 유혹하듯 소리 내어 웃었는데, 지금까지 내 평생 그런 식으로 웃은 건 처음이야. 그가 나를 향해 팔을 벌리자 난 도망치려 했지만, 몸을 움직일 수 없었어. 그의 몸이 내가 누워 있는 초원 위로 쓰러졌는데.”

그녀는 더 이상 말이 없었다. 프리돌린의 목이 컬컬하게 잠겼다. 방 안의 어둠 속에서도 알베르티네가 손으로 얼굴을 가리고 있는 것이 보였다.

“진기한 꿈인데 그래.” 그가 말했다. “벌써 다 끝났어?” 그녀가 고개를 흔들었다. “그럼 계속해봐.”

“그렇게 쉬운 일이 아니야.” 그녀가 이야기를 시작했다. “이런 일은 원래 말로는 표현할 수 없는 건데. 그러니까 나는 셀 수 없이 많은 낮과 밤을 체험한 것 같았고, 거기에는 시간도 공간도 없었어. 그리고 내가 있던 곳은 더 이상 숲과 암벽으로 둘러싸인 빈터도 아니었고 끝없이 펼쳐진 넓은 평지였는데, 그곳은 화려한 꽃으로 뒤덮여서 사방이 지평선과 맞닿아 있었어. 나 역시도 아주 오래전부터, 이해를 못 하겠어. ‘아주 오래전부터’ 내가 그랬었다니! 어떤 남자와 같이 그 초원 위에 있었는데, 하지만 단둘이 있었던 건 아니었어.
나를 제외하고도 세 쌍 아니면 열 쌍 아니면 천 쌍의 남녀
커플들이 거기에 더 있었나? 잘 모르겠네. 내가 그들을 보았
는지, 안 보았는지? 또 내가 단지 한 남자의 여자인지 아니
면 다른 남자들에게도 속해 있었는지? 나는 뭐라고 자신 있
게 말할 수 없어. 그렇지만 조금 전에 느꼈던 경악과 수치의
감정이 내가 깨어 있을 때 상상할 수 있는 모든 감정을 뛰
어넘어버렸듯이, 내가 당시 그 꿈속에서 느꼈던 그런 느긋
함, 자유, 행복에 견줄 만한 것이 우리가 의식하고 있는 실
존적 상태에는 없다는 것도 마찬가지로 분명한 일이야. 그
러는 동안에도 난 일순간이라도 당신을 의식하지 않은 적은
없어. 정말 그랬어. 난 당신을 보고 있었어. 당신이 체포되
는 것도 보았어. 아마 군인들이 그랬던 것 같은데, 그들 중
에는 성직자도 섞여 있었고. 누구인지는 몰라도 어마어마
하게 덩치가 큰 사람이 당신의 두 손을 꽁꽁 묶었고, 난 당
신이 사형당하리란 걸 잘 알고 있었어. 그러나 그 무슨 동정
심이나 전율이 일진 않았어. 난 아주 멀리 떨어져서 그저 지
켜보고만 있었으니까. 사람들이 당신을 마당으로, 그러니까
성안에 있는 마당으로 끌고 갔어. 당신은 그곳에서 손이 뒤
로 묶이고 벌거벗은 채 서 있었지. 그리고 내가 당신을 보고
있듯이, 난 전혀 다른 곳에 있었지만, 당신도 나를 보고 있
었어. 게다가 나를 껴안고 있는 그 남자를, 그리고 다른 남

녀 커플 모두를, 나체와 나체의 끊임없는 홍수를 당신은 두 눈으로 보고 있었어. 홍수의 물살이 내 주변에서 거친 거품을 일으켰고, 그 홍수 속에서 나와 나를 껴안고 있는 그 남자는 그저 하나의 물결에 불과했어. 당신이 이렇게 성안의 마당에 서 있을 때 높은 곳에 있는 아치형 창문의 빨간 커튼 사이로 젊은 여자가 하나 나타났어. 머리에 왕관을 쓰고 진홍빛 망토를 걸친 그녀는 이 나라를 다스리는 여왕이었는데, 그 여자는 준엄하게 문책하는 것 같은 눈빛으로 당신을 내려다봤어. 당신은 그 자리에 혼자 서 있었고, 얼마나 많은지는 알 수 없지만 다른 사람들은 모두 한쪽으로 물러나 벽에 등을 기대고 서 있었지. 그들이 악의에 찬 목소리로 위협적으로 뭔가 중얼대고 수군거리는 소리도 들렸어. 그때 여왕이 난간 위로 몸을 숙였어. 사람들이 물을 끼얹은 듯이 조용해졌고, 여왕은 당신에게 신호를 보냈어. 위로 올라와, 자신에게 가까이 오라는 의미였지. 그녀는 당신에게 특사를 베풀 결심을 했던 거야. 하지만 당신은 그녀의 눈빛을 알아채지 못했거나, 아니면 알고도 모르는 척했어. 그러다가 갑자기 당신은, 여전히 두 손이 묶인 채로 검은색 외투를 걸치고 그녀 맞은편에 서 있었는데, 그곳은 아늑한 안방이 아니라 그 어딘가 공중에 둥둥 떠 있는 것 같았어. 그녀는 양피지를 한 장 손에 들고 있었는데, 당신의 죄와 유죄판결의 근거들이 조목조목 적혀 있는 사형 선고문이었지. 그녀는 당신에게 자신의 애인이 될 각오가 되어 있는지를 물었어. 그녀의 말이 내 귀에 들리진 않았지만 난 그 뜻만큼은 잘 알고 있었지. 그럴 경우에 당신은 사형을 면하게 되는 것인데, 당신은 거절하듯 머리를 흔들었어. 하지만 난 조금도 놀라지 않았어. 너무나도 당연한 일이었으니까. 당신은 어떤 위험을 당하더라도 내게 영원히 신의를 지켜야 마땅했고, 그 밖의 다른 길이란 결코 있을 수 없었지. 그러자 여왕은 어깨를 한 번 으쓱하더니 허공을 향해 눈을 한 번 깜박거렸지. 바로 그 순간 당신은 갑자기 땅속 어느 지하 감방에 갇혔는데, 채찍이 바람을 가르며 당신의 몸통 위로 쫙쫙 떨어지더군. 하지만 채찍을 휘두르는 사람들은 보이지 않았어. 피가 당신의 몸을 타고 시냇물처럼 흘러내려 콸콸 쏟아졌고, 난 이것을 보고 내가 얼마나 무자비한 여자인지를 깨달았지만 그렇다고 놀라지는 않았어. 여왕이 당신을 향해 다가왔어. 그녀의 풀어 헤친 머리가 벌거벗은 알몸 위로 흘러내려 있더라고. 그녀는 자신이 썼던 왕관을 두 손으로 당신에게 바쳤어. 나는 그 여자가 덴마크 해변의 그 소녀라는 것을 알고 있었어. 왜 당신이 어느 날 아침 탈의실 테라스에서 보았다는 그 나체 소녀 말이야. 그녀는 한마디 말도 하지 않았어. 하지만 그녀가 거기까지 내려온 의미는, 그녀가 침묵하고 있는 이유는, 당신이 그녀의 남편이지 동시에 그 나라의 왕이 되길 원하는지, 그걸 물어보는 것이었어. 그리고 당신이 다시 거절해버리자 그녀가 갑자기 사라졌어. 동시에 사람들이 당신을 매달 십자가를 세우는 것이 보였어. 저 아래 성안의 마당에, 아, 아니야, 그곳이 아니라, 꽃들로 뒤덮인 넓은 초원 위에 당신의 십자가를 세우고 있었어. 그 초원 위에서 다른 연인들과 함께 나는 내 애인의 품에 안겨 쉬고 있었어. 하지만 난 당신을 보았어. 당신은 혼자서 고대의 골목길을 경비병도 없이 터벅터벅 걸어오고 있었어. 그러나 당신의 길은 미리 결정되어 있어서 그 어떤 도주도 불가능하다는 것을 나는 잘 알고 있었지. 당신은 숲길을 따라 산으로 올라오고 있었고, 난 긴장한 채로 당신을 기다리고 있었지만 동정심은 티끌만큼도 없었어. 당신 몸은 온통 채찍 자국의 줄무늬로 뒤덮여 있었지만 피는 흐르지 않았어. 당신이 가까이 올라오자 샛길은 점점 더 넓어졌고, 숲은 양쪽으로 갈라지며 점점 더 뒤로 물러났는데, 그리고 당신이 초원의 가장자리에 서 있었을 때는 그 끝을 알 수 없이 엄청나게 아득한 그곳에 당신이 서 있었어. 당신은 내게 미소를 지으며 눈인사를 보냈어. 마치 내 소원을 모두 들어주었고, 내가 필요로 했던 모든 것들, 의상, 구두, 보석을 전부 가지고 왔다고 눈짓을 보내는 것 같았어. 그러나 내게는 당신의 행동이 말로 다할 수 없을 만큼 우둔하고 바보같이 보였어. 그래서 당신을 조롱하고, 당신 얼굴에 대고 웃어주고 싶은 유혹이 일더라고. 그러니까 그 이유는 다른 것이 아니야. 나에 대한 신의를 지키겠다는 일념으로 여왕의 손을 뿌리치다가 고문을 당하고, 결국에는 참혹한 죽임을 당하기 위해 이곳까지 비틀거리며 올라왔기 때문이지. 난 당신을 향해 달렸고, 나를 향한 당신의 발걸음도 점점 더 빨라졌어. 드디어 난 둥둥 떠서 날기 시작했고, 당신 역시 공중에 떠올랐지. 그러다가 갑자기 우리는 서로의 시야에서 없어져버렸어. 왜 그랬는지, 난 알고 있어. 우린 서로를 엇비껴서 그냥 스쳐 지나가버렸으니까. 사람들이 당신을 십자가에 못 박을 바로 그 순간, 그때라도 나는 당신이 적어도 내 웃음소리를 듣길 바랐어. 그래서 난 웃음을 터뜨렸어. 내가 할 수 있는 한, 날카롭고 큰 소리로 웃음을 터뜨렸지. 그것이 바로 그 웃음소리였어, 프리돌린. 그 웃음소리와 함께 내가 꿈에서 깨어났는데."

그녀는 침묵 속에서 미동도 하지 않았다. 그 역시 꼼짝도 하지 않고 한마디 말도 하지 않았다. 이 순간만큼은 그 어떠한 말도 빛을 잃을 것이며 거짓되고 또 비겁해 보일 것만 같았다. 그녀가 자신의 꿈 이야기를 하면 할수록, 지금까지 제법 잘 전개되었던 자신의 체험들은 점점 더 우스개 장난 같았고, 아무것도 아닌 것처럼 보였다. 그는 자신의 일들을 모두 파헤쳐서 끝까지 체험하고, 그러고 난 다음에 이를 모두 정직하게 털어놓음으로써 이 여자에게 복수를 하리라고 마음속으로 굳게 맹세했다. 이 여자야말로 자신의 꿈을 통해 폭로된 그대로였다. 정조도 없고, 잔혹하고, 배신행위를 밥 먹듯 하는 그런 여자였다. 이 순간만큼은 그가 이제껏 이 여자를 사랑했던 것만큼, 아니 그 이상으로 이 여자를 마음속 깊이 증오하고 있다고 믿었다.

그는 아직까지도 그녀의 손가락을 쥐고 있음을 알아차렸다. 그는 이 여자를 그토록 증오하기로 작정했음에도 불구하고 그녀의 가늘고 차가운 손가락에서, 그에게는 너무나 익숙한 손가락에서 아직도 변함없는 애정을, 단지 좀더 마음 아픈 것으로 변해버린 애정을 느끼고 있음을 발견했다. 그는 자신도 모르는 사이에 정말 자신의 의지와는 정반대로, 친숙한 그녀의 손을 놓기 전에 거기에 입술을 부드럽게 갖다 댔다.

알베르티네는 아직도 눈을 뜨지 않았고, 프리돌린의 눈에는 그녀의 입, 이마, 아니 얼굴 전체가 행복에 가득 차고 성스럽고 순진무구한 표정 속에서 미소를 짓고 있는 듯이 보였다. 그 순간 그는 스스로도 이해할 수 없는 충동을 느낀 나머지 알베르티네에게 몸을 숙여 그녀의 창백한 이마에 키스하려고 했지만, 이내 자신의 충동을 억눌러버렸다. 지난 몇 시간 동안 그는 흥분된 사건들을 겪고 난 다음인지라 너무나도 당연하게 피로가 밀려왔고, 부부 침실의 미혹적인 분위기가 이러한 피로를 그리움에 가득 찬 애정으로 착각하게 했음을 깨달았기 때문이다.

무엇이 어떻게 되든지 간에, 다음 몇 시간 후에 어떤 결정에 도달하게 될지라도 지금 이 순간 그에게 절실한 계명은, 적어도 잠시 동안 수면과 망각 속으로 서둘러 도피하는 것이었다. 어머니가 죽음을 맞이한 바로 그날 밤에도 그는 잠을 잘 잤었다. 아무런 꿈도 꾸지 않고 깊은 잠을 잤었는데, 하물며 오늘 밤이라고 그렇게 하지 못할 이유는 또 뭐란 말인가? 그는 알베르티네 곁에 몸을 뻗고 길게 누웠다. 알베르티네는 벌써 잠이 든 것처럼 보였다. '우리 사이에 한 자루의 칼'이라는 말을 다시 생각해보았다. 그러고 난 후 그는 '죽이지 않고는 못 배길 원수처럼 나란히 누워 있다'라고 생각했다. 하지만 이는 한갓 말에 불과했다.

제6장

하녀의 조용한 노크 소리가 그를 깨웠다. 아침 7시였다. 그
는 알베르티네를 힐끔 쳐다보았다. 항상 그런 것은 아니지
만 이 노크 소리에 그녀도 종종 같이 일어나곤 했었다. 그러
나 오늘 그녀는 꼼짝도 하지 않았다. 미동도 없이 계속 잠
을 잤다. 프리돌린은 재빨리 출근 준비를 마쳤다. 집을 나서
기 전에 그는 딸아이가 보고 싶었다. 아이는 하얀 침대에 편
안하게 누워 있었고, 어린아이들이 흔히 그렇듯이 작은 두
주먹을 꼭 움켜쥐고 있었다. 그는 아이의 이마에 입을 맞췄
다. 그리고 다시 한번 발꿈치를 세우고 침실 문 쪽으로 살
금살금 다가갔다. 알베르티네는 아직도 자고 있었고 조금
전과 마찬가지 자세로 꼼짝하지 않았다. 그는 수도승 복장
과 순례자 모자를 검은색 왕진 가방 속에 잘 꾸려 넣고 집
을 나섰다. 그는 오늘의 계획을 신중하다 못해 지나칠 정도
로 꼼꼼하게 세워보았다. 맨 처음으로 할 일은 이 근처에 중
병으로 누워 있는 젊은 변호사를 방문하는 일이었다. 프리
돌린은 환자를 신중하게 진찰했고 상태가 조금 나아진 것

을 확인했다. 이에 대한 만족감으로 그는 진심에서 우러나온 기쁨을 표현했지만, 정작 그가 적어준 처방전은 이전 것과 같은 내용이었다. 그런 후에 그는 곧장 어젯밤 나흐티갈이 피아노를 연주했던 곳으로 갔다. 그 술집은 아직 닫혀 있었지만, 계산대를 담당하는 여자가 위층에 살고 있고 나흐티갈이 레오폴트가의 어느 작은 호텔에서 지낸다는 것을 알고 있었다. 그로부터 15분쯤 후에 프리돌린은 마차를 타고 그 호텔 앞에 도착했다. 명칭은 호텔이지만 초라한 모텔이었다. 복도에는 눅눅한 이불 냄새, 질이 나쁜 기름 냄새 그리고 치커리 뿌리로 만든 형편없는 커피 냄새가 배어 있었다. 인상이 험상궂은 호텔 경비가 나왔다. 눈 가장자리가 충혈되어 있고 교활해 보였다. 그는 항상 경찰의 심문에 대비하고 있었다는 듯 나흐티갈의 소식을 자발적으로 알려주었다. 그의 말에 따르면 나흐티갈 씨는 오늘 새벽 5시에 신사 두 사람과 함께 현관에 도착했는데, 이 신사들은 목도리를 칭칭 감아올려서 얼굴을 알아보지 못하도록 의도한 것 같은 생각이 들었다고 했다. 그리고 나흐티갈 씨가 방에 올라가 있는 동안 그 신사들은 지난 4주간의 방값을 지불하고, 30분이 지나도 그가 내려오지 않자 신사 한 명이 위로 올라가 그를 직접 데리고 내려온 다음, 세 사람은 곧장 북부역으로 마차를 몰고 간 것 같다고 말했다. 나흐티갈 씨는 극도로 흥분한 것 같은 인상을 받았다고 했다. 그는 이렇게 신뢰감을 불러일으키는 신사분에게 있는 그대로 말 못 할 이유가 어디 있느냐고 토를 달았다. 나흐티갈 씨는 경비의 손에 편지 한 장을 몰래 쥐어주려고 했지만 두 신사가 곧바로 제지했다고 했다. 그리고 두 신사는 나흐티갈 씨에게 오는 편지들도 이를 위임받은 사람이 가지러 올 것이라는 점을 분명히 해두었다. 프리돌린은 작별 인사를 했다. 그는 모텔 문을 나서며 자신의 손에 왕진 가방이 들려 있는 것을 다행으로 여겼다. 사람들이 자신을 이 모텔의 투숙객이 아니라 공적인 업무로 방문한 공무원으로 생각할 것임이 분명했기 때문이다. 나흐티갈에 관해서는 지금 당장 할 일이 없었다. 그들은 정말 신중하게 일을 처리해놓았고, 그럴 만한 동기도 충분히 가지고 있었다.

그는 가면 대여업소로 갔다. 기비저 씨가 직접 문을 열어주었다. "여기 빌려 갔던 의상을 가지고 왔습니다." 프리돌린이 말했다. "그리고 대금을 청산했으면 하는데요." 기비저 씨는 적당한 금액을 불렀고, 돈을 수령하자 커다란 장부에 기입하고 나서 사무용 탁자에 앉은 채 고개를 들더니 프리돌린을 이상하다는 듯이 쳐다보았다. 그가 자리를 떠날 기색을 보이지 않았기 때문이다.

"그 밖에도 내가 여기 온 용건은" 프리돌린은 예심 판사의 어조로 말했다. "당신의 딸 문제로 잠시 이야길 나눌까 해서입니다."

기비저의 콧방울 근처가 씰룩거렸다. 불쾌한 것인지, 조롱하고 있는 것인지, 아니면 화가 치민 것인지 제대로 분간할 수 없었다.

"손님, 그게 무슨 말일까요?" 그의 어투는 그가 짓고 있는 표정만큼이나 감을 잡을 수 없었다.

"당신이 어제 말씀하신 바에 따르면……" 프리돌린은 손가락을 활짝 펼쳐 사무용 탁자를 짚고 말했다. "따님이 정신적으로 완전히 정상은 아니라고 하셨지요. 우리가 그녀를 마주친 그 상황도 실제로 이 추측을 뒷받침해줍니다. 내가 그 특이한 장면의 참여자 또는 적어도 관찰자가 된 것은 우연히 생긴 일이긴 해도 의사의 진찰을 받아보시라고, 기비저 씨, 당신께 권고하지 않을 수 없습니다."

기비저는 부자연스럽게 긴 펜대를 손에서 이리저리 돌려가며 뻔뻔스러운 눈초리로 프리돌린을 뜯어보았다. "그러니깐 의사 선생께서 호의를 갖고 계시니까 직접 진찰을 해주시겠다, 그거지요?"

"내가 꺼내지 않은 말은……" 프리돌린은 날카롭게 그러나 약간 쉰 목소리로 대꾸했다. "입에 올리지 않았으면 합니다."

바로 그 순간 내실로 통하는 문이 열리면서 연미복 위에 코트를 걸친 젊은 신사 하나가 밖으로 나왔다. 프리돌린은 즉각 이 남자가 다름 아닌, 오늘 새벽의 비밀 법정 재판관

중 한 녀석이라는 것을 알아보았다. 의심할 여지없이 이 남자는 광대 소녀의 방에서 나오는 길이었다. 그는 프리돌린을 알아보고 당황한 듯이 보였지만, 곧바로 평정을 되찾고 손을 흔들어 기비저에게 흘낏 인사를 건네더니 사무용 책상 위에 있던 라이터로 담뱃불을 붙이고 그 자리를 떠났다.

"아하, 그렇구나." 프리돌린은 깨달았다. 그의 입 가장자리에는 경멸 조의 경련이 일어났고 혀에는 쓴맛이 돌았다.

"무슨 말씀이신지?" 기비저는 전혀 동요하지 않고 태연하게 물었다.

"그러니까 당신은 그것을 포기했군요. 기비저 씨." 이렇게 말하며 그는 뭔가를 생각하는 듯 시선을 현관문에서 그 재판관이 나온 방문으로 훑어나갔다. "경찰에 신고하는 것을 포기했어요."

"다른 방법으로 합의를 보았소. 의사 선생." 기비저가 차갑게 말하며 자리에서 일어났다. 마치 이제 접견이 끝났다는 태도였다. 프리돌린이 몸을 돌려 걸어 나가자, 기비저는 후다닥 문을 열어주며 흔들리지 않는 표정으로 말했다. "의사 선생, 이다음에 의상이 다시 필요할 때는…… 굳이 수도승 복장이 아니어도 되겠어."

프리돌린은 뒤를 돌아보지 않고 문을 닫았다. 이제 이 일도 끝이 났군, 프리돌린은 이렇게 생각하며 분노의 감정을 느꼈다. 그러나 이 감정마저도 부질없는 것이라고 여겨졌다. 그는 서둘러 계단을 내려갔다. 그리고 특별히 서두르지 않고 종합병원으로 갔다. 우선 집으로 전화를 걸어 자신에게 넘겨진 환자가 있는지, 우편물이 왔는지, 그 밖에 무슨 새로운 일이 있는지 물어보았다. 하녀가 채 대답을 마치기도 전에 알베르티네가 직접 전화를 받아 프리돌린에게 인사를 건넸다. 그녀는 하녀가 이미 말한 것을 모두 반복하더니 천연덕스럽게 자신은 조금 전에 일어났고, 아이와 함께 이제 막 아침 식사를 하려던 참이라고 말했다. "아이에게 아빠가 뽀뽀하더라고 전해줘." 이어서 프리돌린은 "맛있게 먹어"라고 덧붙였다.

그녀의 목소리는 그를 기쁘게 해주었지만, 바로 그것 때문에 재빨리 전화를 끊었다. 그는 원래 알베르티네에게 오늘 오전에 무엇을 할 생각인지도 물어볼 작정이었다. 그러나 그런 것이 지금 자신과 도대체 무슨 상관이 있단 말인가? 외면적인 생활은 이전과 마찬가지로 유지된다 하더라도 그의 영혼 깊은 곳에서 그녀와의 관계는 이미 끝나지 않았던가. 금발 머리 간호사가 그의 코트를 받아 걸고 하얀 의사 가운을 내밀었다. 그러는 내내 그녀는 그를 바라보며 미소를 지었다. 사람들이 신경을 쓰든 말든 그녀는 누구에게나 미소를 짓는 버릇이 있었다.

그로부터 몇 분 후 그는 입원실로 건너갔다. 수석 의사는 진료 회의에 참석차 갑자기 여행을 떠나야만 했으니, 차석 의사들은 그를 기다리지 말고 회진을 하라는 전갈이 있었다. 그는 학생들을 이끌고 병상을 차례차례 옮겨 다니며 진찰하고, 처방을 내리고, 레지던트 및 간호사들과 전문적인 사항을 논의했다. 프리돌린은 거의 행복에 가까운 감정을 느꼈다. 그사이에 갖가지 새로운 일들이 있었다. 철물 수습공 카를 뢰델은 지난밤에 사망했고, 사체 해부는 오늘 오후 4시 반. 산부인과 병실에는 침대 하나가 비워졌지만 곧바로 다시 채워졌다. 17번 침대의 여자는 외과로 이송되었다. 인사 문제도 잠깐 언급되었다. 안과의 신규 채용은 모레 결정될 예정인데 휘겔만이 가장 유력시되었다. 그는 4년 전만 해도 슈텔바크 밑에서 두번째 조수 자리에 있던 의사였지만, 현재는 마르부르크 대학 교수로 있었다. 출세 한번 빠르네, 프리돌린은 생각했다. 나는 한 과의 과장으로 고려되는 일조차 없을 거야. 무엇보다도 내겐 대학에서 강의할 자격이 없으니까 말이야. 너무 늦었어. 도대체 왜 늦었다고 생각하지? 당장이라도 학술적인 공부를 시작하면 될 것이고, 그게 아니라도 이미 시작해놓은 것들도 있으니까 다시 악착같이 매달려 계속하면 틀림없이 될 수 있을 것이었다. 개인 병원 진료를 포기하지 않아도 시간적 여유는 언제나 충분했기 때문이다.

　그는 푸흐슈탈러 의사에게 응급실을 부탁했지만, 솔직히 고백하면 갈리친 산에 가는 것보다는 차라리 병원에 남고 싶었다. 그렇지만 그는 가야만 했다. 그 일을 계속 추적하겠다는 약속은 그 자신의 문제에만 국한된 것이 아니었기 때문이다. 이 밖에도 오늘 처리해야만 하는 다른 일들이 아직 많이 남아 있었다. 모든 경우를 대비해서 그는 푸흐슈탈러 의사에게 저녁 회진도 위임하기로 결정했다. 폐침 카타르에 걸렸다고 의심되는 소녀가 맨 마지막 침대에 누워 그에게 미소를 보냈다. 얼마 전 진찰을 받을 때 자신의 젖가슴을 아무런 거리낌 없이 그의 뺨에 바짝 밀착시켰던 바로 그 소녀였다. 프리돌린은 그녀의 시선을 무뚝뚝하게 쏘아보고 이마를 찌푸리며 몸을 돌렸다. 어쩌면 여자들은 하나같이 전부 똑같은지, 그는 씁쓸하게 생각했다. 알베르티네도 저런 여자들과 다를 바 없어. 아니, 그녀가 그중에서도 가장 질이 나쁜 여자야. 난 그녀와 이혼하겠어. 우리 사이가 다시 좋아지는 일은 결코 있을 수 없어.

계단에서 그는 외과에서 근무하는 동료 한 사람과 몇 마디 말을 주고받았다. 그런데 지난밤 그쪽으로 이송된 여자의 현재 상태는 어떠한지? 프리돌린은 궁금했다. 동료 의사는 자신의 분야에 관한 한 수술까지 받을 필요는 없을 것 같다고 했다. 그렇지만 조직 검사 결과가 나와봐야 결정할 수 있지 않겠냐는 의견을 덧붙였다.

"당연한 일이지, 이 친구야." 프리돌린이 말했다.

길모퉁이에서 그는 마차를 잡아탔다. 메모를 봐야만 비

로소 행선지를 결정할 수 있다는 듯이 그는 수첩을 꺼내 들었다. 그는 마부 앞에서 헛웃음이 나오는 코미디를 했다. "오타크링 쪽으로 갑시다." 그러고 나서 그는 말했다. "갈리친 산으로 향하는 길을 따라가주세요. 마차를 세워야 할 곳은 내가 말해주겠습니다."

마차 안에서 갑자기 고통과 동경이 뒤섞인 격정이 밀려왔다. 그것은 지난 몇 시간 동안 자신을 구원해준 아름다운 여인을 거의 잊고 있었다는 것에 대한 죄의식이기도 했다. 그 집을 다시 찾을 수는 있을까? 지금으로서는 특별나게 어려울 것 같진 않았다. 문제는 단지 그다음에 무엇을 어떻게 해야 하는지? 바로 그것이었다. 경찰에 신고를? 그러나 이것은 자신을 위해 아마 희생당했을, 아니 희생할 각오가 되어 있었던 그녀에게 좋지 않은 결과를 가져올 수도 있었다. 아니면 사설탐정에게 도움을 요청해볼까? 이것은 상당히 우둔한 짓 같았고, 자신에게 어울리는 일도 아니었다. 그러면 이 밖에 자신이 할 수 있는 일이 도대체 뭐란 말인가? 필요한 조사를 용의주도하게 실행할 수 있는 시간도 없고, 그렇다고 그럴 만한 재능을 타고난 것 같지도 않았다. 비밀사교 모임? 지금으로서는 어쨌든 비밀 속에 묻혀 있었다. 그러나 자기들끼리는 서로 알고 지내지 않았던가? 귀족 계급들, 혹시 황실의 높은 양반들이? 그는 몇몇 황태자들을 생각해봤다. 그들이라면 이런 식의 장난도 가능할 것이다. 그리고 그 여자들은? 추측건대…… 환락가에서 모아 왔을 것이다. 그러나 이것은 전혀 확실치 않았다. 어쨌거나 고르고 고른 여자들이겠지. 그러나 그를 위해 희생한 그 여자는? 희생당했다고? 왜 그걸 꼭 희생이라고만 생각하는 거야! 일종의 코미디. 물론 이 모든 것은 하나의 코미디였다. 아무런 곤욕을 치르지 않고, 그곳을 벗어난 것만을 기뻐해도 될 일이었다. 지금 생각해보면 그는 시종일관 훌륭한 태도를 유지했었다. 기사들은 그가 최고 가문의 남자가 아니란 것을 분명 눈치챌 수 있었을 것이다. 그리고 그녀도 마찬가지로 이를 알아차렸을 것이다. 하지만 그녀의 마음에, 그 모든 황태자들보다도, 아니 그들이 황태자가 아닌 그 어떤 신분이라 해도, 그런 사내들보다야 그가 더 마음에 들었던 모양이다.

리프하르츠탈이 끝나는 곳에서 길이 가파른 오르막길이 되었을 때, 프리돌린은 마차에서 내려 신중을 기하기 위해 마차를 되돌려보냈다. 하늘은 창백하리만큼 파랗고 흰 조각구름이 여기저기 떠 있었으며, 햇볕은 봄날처럼 따뜻했다. 그는 뒤를 돌아보았다. 의심스러운 것은 전혀 보이지 않았다. 마차도 없었고, 걸어서 지나가는 사람도 보이지 않았다. 그는 천천히 위로 걸어 올라갔다. 외투가 무겁게 느껴졌다. 그는 외투를 벗어 어깨 위에 걸쳤다. 그는 샛길이 오른쪽으로 꺾어져 들어가는 갈림길에 도착했다. 샛길 저 안쪽에 비밀에 싸인 그 집이 있을 것이다. 길을 잘못 들어섰을 가능성은 없었다. 내리막길이었지만 밤에 마차를 타고 갈 때 느꼈던 것에 비하면 그리 가파르지 않았다. 고즈넉한 골목길이었다. 어떤 집 앞의 정원에는 짚으로 정성 들여 묶어 놓은 장미가 있었고, 작은 유모차가 놓여 있는 그다음 정원에는 파란색 모직으로 위아래를 차려입은 사내아이가 천방지축으로 뛰어놀았고, 그곳의 1층 창문에서는 젊은 여자 하나가 웃으며 사내아이를 바라보고 있었다. 그곳을 지나자 빈터가 나타났고, 방치되어 있는 그다음 정원에는 울타리가 쳐져 있었고, 아담한 고급 주택이, 그다음에는 공터로 남겨진 넓은 잔디밭이, 그리고 드디어 바로 눈앞에 그가 찾던 집이 있었다. 의심할 여지가 없었다.

그 집은 결코 웅장하거나 화려해 보이지 않았다. 나폴레옹 1세 제정 시대의 양식으로 단순하게 꾸며진 단층 건물로, 얼마 전에 새롭게 개조한 것처럼 보였다. 초록색 블라인드가 모든 창문에 빠짐없이 쳐져 있었고 사람이 살고 있는 흔적은 도무지 찾아볼 수 없었다. 프리돌린은 주위를 둘러보았다. 골목길에는 아무도 없었다. 단지 저 멀리 떨어진 아래쪽에서 두 소년이 책을 겨드랑이에 끼고 점점 더 멀어져가고 있었을 뿐. 그는 정원 문 앞에 섰다. 이제 무엇을 해야 옳지? 그냥 다시 되돌아갈까? 그것은 너무나 우스워 보였다. 그는 초인종 버튼을 찾았다. 누가 문을 열어주면 무슨 말을 해야 하지? 그래, 아주 간단하게, 혹시 이 예쁜 전원주

택을 이번 여름에 세놓을 생각이 없느냐고 물어볼까? 그러나 이런 생각들을 채 정리하기도 전에 현관문이 소리 없이 열렸고, 오전용 간편 제복을 입은 늙은 하인이 나오더니 좁은 길을 천천히 걸어서 정원 문 쪽으로 다가왔다. 그는 손에 편지를 들고 있었고, 아무 말 없이 프리돌린에게 문창살 사이로 편지를 건네주었다. 그는 가슴이 두근거렸다.

"내, 내게 보, 보낸 것인지?" 말을 더듬으며 그가 물었다. 하인은 고개를 끄덕이고 곧바로 몸을 돌려 걸어 들어갔고, 곧 그의 등 뒤로 현관문이 닫혀버렸다. 이건 무엇을 뜻하지? 프리돌린은 혼자 물었다. 마침내 그녀로부터? 그녀가 혹시, 그러니까 그녀가 이 집 주인인가? 그는 빠른 발걸음으로 왔던 길을 다시 되돌아 올라갔고, 그제야 편지 봉투 위에 자신의 이름이 옆으로 뉘어 쓴 장중한 필기체로 적혀 있음을 발견했다. 그는 길모퉁이에서 봉투를 뜯고, 편지를 펼쳐 읽었다. "조사를 중단하십시오. 전혀 소용없는 일입니다. 그리고 이 말이 두번째 경고임을 명심하십시오. 당신을 위해 더 이상의 경고가 필요 없기를 우리는 희망하고 있습니다." 그는 손에서 편지를 떨어뜨렸다.

편지에 적힌 통고는 모든 면에서 그를 실망시켰다. 그가 어리석게도 가능하리라고 생각했던 것과 편지의 내용은 전혀 딴판이었다. 그러나 편지의 어투는 아무튼 묘하게도 겸손했고 전혀 신랄하지 않았다. 이런 사실을 미루어보면 이런 통고를 보낸 사람들도 결코 안심하고 있지 않음을 알수 있었다.

두번째 경고라? 왜 두번째지? 아하 그렇지, 오늘 새벽에첫번째 경고를 발표하셨다, 그거지. 그런데 두번째라면, 이게 마지막 경고는 아니란 말인가? 그들이 내 용기를 다시 한번 시험해보려고 하나? 내가 시험 하나를 벌써 통과한 건 아닐까? 그런데 내 이름은 어떻게 알아냈지? 하기야 별로 이상할 것도 없는 일이지. 내 이름을 대라고 나흐티갈을 아마 윽박질렀겠지. 어디 그뿐인가. 그는 자신이 방심하고 있었음을 알고 무의식적으로 웃음을 흘렸다. 모피 코트의 안감에는 자신의 이름과 정확한 집 주소가 새겨져 있었기 때문이다.

조금 전과 다를 바 없이 조사는 조금도 진척되지 못했지만, 그럼에도 그 편지는 그를 완전히 안심시켰다. 하지만 왜 안심이 되는지, 그 이유를 그 자신도 제대로 설명할 수없었다. 특별히 그가 확신하게 된 일은, 그가 걱정했던 그여자는 아직도 살아 있다는 것, 그리고 그가 신중을 기해 영악하게 사건에 접근한다면 그녀를 찾아내는 일도 전적으로 그에게 달려 있다는 것이었다.

프리돌린은 조금 피곤하긴 했지만 이상하게도 한결 가벼운 기분이 되었고, 동시에 이런 기분도 자기기만적이라고 느끼며 집에 도착했을 때 알베르티네와 아이는 이미 점심 식사를 끝마친 후였다. 아내와 딸아이는 그가 식사하는 동안 옆에 앉아 말동무를 해주었다. 오늘 새벽 그가 십자가에 못 박히는 것을 태연하게 지켜보았던 그녀가 이제는 천사같이 선량한 눈빛과, 가정주부와 어머니의 모습으로 그 옆에 앉아 있었다. 그러나 그는 놀랍게도 그녀에 대한 증오를 전혀 느끼지 못했다. 그는 맛있게 식사를 했다. 약간 흥분도 되었지만 실제로는 유쾌한 기분이었고, 평소 그가 하던 버릇대로 직장에서 오늘 있었던 사소한 일들, 특히 병원의 인사이동 문제에 대해 더욱 활기 있게 이야기했다. 그는 알베르티네에게 인사 문제에 관한 것이라면 항상 자세하게 말해주었다. 그는 휘겔만의 임명은 거의 확정된 것이나 다름없다는 소문에 대해 말해주고, 자신도 학문적인 공부에 심혈을 기울여 다시 시작할 각오를 가지고 있음을 이야기했다. 알베르티네는 그의 이런 기분을 익히 알고 있었고, 그것이 오래 지속되지 않는다는 것도 잘 알고 있었다. 그녀의 가벼운 미소는 그런 의심을 드러내고 있었다. 프리돌린이 자기 이야기에 빠져 흥분하자, 알베르티네는 진정이라도 시키려는 듯 그의 머리를 손으로 부드럽게 쓰다듬었다. 그러자 그는 몸을 가볍게 움찔하더니 곧바로 아이에게 몸을 돌려서 그의 이마로 내려오려던 불쾌한 접촉을 피해버렸다. 그가 딸아이를 품에 안아 무릎 위에 올려놓고 그네를 태워주려는 순간, 하녀가 방에 들어와 벌써 환자 몇 명이 밖에서 기다리고 있음을 알려주었다. 프리돌린은 해방되었다는 듯이 자리에서 일어났고, 지나가는 말투로 알베르티네에게 오늘같이 화창하고 볕이 좋은 오후엔 아이와 함께 산책을 하는 것이 어떻겠느냐고 말하고 진료실로 건너갔다.

이후 두 시간 동안 프리돌린은 기존 환자 여섯 명과 새로 온 환자 두 명을 진찰해야 했다. 그는 환자의 케이스를 각각 분리한 다음, 해당되는 병에 전적으로 전념하여 진찰하고 메모를 남기고 처방을 했다. 지난 이틀 밤 동안 그는 거의 잠을 자지 않았는데도 신기할 정도로 생동감이 넘치고 정신이 맑은 것이 기뻤다.

진료를 마친 후 그는 평소 습관대로 아내와 아이가 무엇을 하고 있는지 다시 한번 보러 갔다. 알베르티네는 집에 방문한 친정어머니와 같이 있었고, 딸아이는 보모에게서 프랑스어를 배우고 있는 중임을 확인하자 만족감이 전혀 없진 않았다. 그리고 집을 나서기 위해 계단에 이르렀을 때 그의 머릿속에는 이 모든 질서, 이 모든 균형, 자신의 삶에 관한 이 모든 안정감은 그저 허상과 위선 이외에 그 어떤 것도 의미하지 않는다는 의식이 다시 들었다.

오후로 예정된 회진을 취소했음에도 불구하고, 병원 근무처로 향하는 그의 마음을 억제할 수는 없었다. 그곳에는 두 개의 임상 사례를 보여주는 환자들이 있었다. 그가 우선적으로 계획을 세워 특별히 관심을 두고자 했던 학문적 연구에 적용될 만한 사례들이었다. 그는 그 어느 때보다 더 면밀하게 이 일에 한참 동안 몰두했다. 그런 다음 시내 중심가에서 환자를 한 명 더 왕진해야만 했고, 그가 슈라이포겔 거리에 있는 오래된 그 집 앞에 다시 섰을 때는 어느덧 저녁 7시였다. 마리안네의 창문을 올려다보자, 그동안 완전히 희미해져버린 그녀의 형상이 지금 비로소 다른 여인들의 그것보다도 더욱더 생생하게 떠올랐다. 지금, 바로 이 자리에서 그에게 아쉬운 것은 없었다. 별다른 노력을 기울이지 않더라도 그는 이곳에서 알베르티네에 대한 복수극을 개시할 수 있었다. 이곳이라면 그에게 어떤 어려움도 어떤 위험도 없었다. 그리고 약혼자에 대한 배신행위, 아마도 다른 사람들이라면 놀라서 뒤로 물러섰을 법한 그런 일도, 그에게는 차라리 자극을 의미할 뿐. 그래, 배신하고, 기만하고, 거짓말하고, 코미디를 연출하고, 이것저것을 가리지 않고 말이야. 마리안네 앞에서, 알베르티네 앞에서, 사람 좋은 뢰디거 박사 앞에서, 온 세상 앞에서 일종의 이중적인 삶을 사는 거야. 믿음직스럽고 앞날이 창창한 유능한 의사, 성실한 남편과 한 가정의 가장으로서의 삶을 살고, 다른 한편에서는 난봉꾼으로, 호색한으로 그리고 인간 족속들과, 그래 그렇고 그런 년들과 그때그때 기분 내키는 대로 놀아나는 냉소주의자로 사는 거야. 지금 이 순간에는 이런 이중적인 삶이 그의 눈에 아주 멋지게 보였다. 그리고 그중에서도 가장 멋진 일은, 알베르티네가 평화로운 결혼과 가정생활의 안정감 속에 푹 빠져서 스스로도 안락하게 지내고 있다는 망상에 빠져 있을 때, 바로 그때 그녀 면전에 대고 차가운 미소를 지으며 자신의 모든 죄를 낱낱이 고백해버리고, 그럼으로써 그녀가 꿈속에서 자신에게 준 쓰라린 아픔과 굴욕을 앙갚음해버리는 것이다.

집 현관에서 그는 뢰디거 박사와 마주쳤다. 그는 프리돌린에게 아무런 악의 없이 손을 내밀어 진심으로 악수를 청했다.

"마리안네 양은 잘 있습니까?" 프리돌린이 물었다. "좀 안정이 되었겠지요?"

뢰디거 박사는 어깨를 한 번 들썩했다. "그녀는 이러한 종말을 충분히 오랫동안 준비해왔습니다, 의사 선생님. 단지 오늘 정오에 시신을 내가려고 할 때에……"

"아, 벌써 그렇게 되었군요?"

뢰디거 박사는 고개를 끄덕였다. "내일 오후 3시에 장례식이 거행될……"

프리돌린은 앞을 멀거니 내다보았다. "그렇다면 아마 친척들이 마리안네 양 곁에 있겠군요?"

"이젠 없습니다." 뢰디거 박사가 대꾸했다. "지금은 그녀 혼자입니다. 당신을 보면 분명 기뻐할 겁니다, 의사 선생님. 우리는 내일 그녀를 뫼트링*이란 곳으로 데려가려고 합니다. 그러니까 저의 어머니와 제가 말입니다." 프리돌린이 무슨 말인지를 묻는 눈빛을 하고 정중하게 그를 바라보자, 그가 덧붙였다. "그러니까 저의 부모님께서 그곳에 작은 집을 한 채 가지고 계십니다. 자 그럼, 의사 선생님, 이만 실례합니다. 저는 아직도 준비해야 할 일이 잡다하게 많군요. 뭐 이런 일이 생기면 처리해야 하는 일들이지요! 제가 되돌아왔을 때 저 위층에서 다시 만나 뵙기를 바랍니다. 의사 선생님." 이렇게 말하고 그는 현관을 빠져나가 길을 나섰다.

프리돌린은 잠깐 동안 망설이다가 천천히 걸어서 계단을 올라갔다. 그는 초인종을 눌렀다. 잠시 후 마리안네가 직접 문을 열어주었다. 그녀는 검은색 옷을 입고 있었지만 목에는 흑옥 목걸이를 하고 있었다. 그는 그녀가 이 목걸이를 한 것을 지금까지 본 적이 없었다. 그녀는 얼굴을 가볍게 붉혔다.

"당신은 절 오랫동안 기다리게 하셨어요." 엷은 미소를 지으며 그녀가 말했다.

"미안해요, 마리안네 양. 오늘은 특별히 힘든 하루였습니다."

그는 그녀의 뒤를 따라 죽은 자의 방을 통과해서 옆방으로 들어갔다. 그곳의 침대는 이제 비어 있었다. 어제저녁

---

* 빈 남쪽에 위치한 시골 마을.

그 방에서, 그는 하얀 제복을 입은 장교가 그려진 그림 밑에서, 궁중 고문관의 사망 진단서를 작성했었다. 책상 위에는 작은 램프에 벌써 불이 켜져 있었고, 바깥 햇빛과 램프 불빛이 방 안에 뒤섞여 있었다. 마리안네는 검은색 가죽 안락의자를 가리키며 그에게 자리를 권했고, 자신은 그 건너편 책상에 있는 의자에 앉았다.

"방금 현관 복도에서 뢰디거 박사님과 마주쳤습니다. 그러니까 아가씨께서는 내일 시골로 떠나신다고요?"

마리안네는 그를 응시했다. 그의 싸늘한 어조에 놀란 것 같은 눈빛이었다. 그가 사뭇 딱딱한 목소리로 말을 계속하자 그녀의 어깨가 축 처졌다. "아주 잘 생각하셨습니다." 그는 좋은 공기와 새로운 환경이 그녀에게 얼마나 좋은 영향을 미칠지에 대해 객관적인 사실들을 나열해가며 설명했다.

그녀는 아무런 움직임도 없이 앉아 있었고 눈물이 두 뺨을 타고 흘러내렸다. 그는 동정심에 앞서서 오히려 초조해졌고 어찌할 바를 모른 채 이를 바라보았다. 그러다가 그녀가 혹시 지금 당장이라도 다시 그의 발밑에 엎드려 어제의 고백을 반복할지도 모른다는 상상을 하자 두려워졌다. 그녀가 침묵을 지키자, 그는 무뚝뚝하게 일어섰다. "유감스럽지만 마리안네 양." 그는 시계를 들여다보았다.

고개를 들어 프리돌린을 올려다보는 그녀의 얼굴에서는 눈물이 계속 흐르고 있었다. 그는 무슨 소리든 간에 좋은 말을 해주고 싶었지만 그럴 수 없었다.

"아가씨께서는 아마 며칠간 시골에 머무르겠지요." 그는 억지로 말을 꺼냈다. "내게도 소식 전해주시기 바랍니다…… 뢰디거 박사님이 말해주었는데, 곧 결혼식을 올리신다면서요. 오늘 미리 축하 인사를 드려도 실례가 아니겠지요?"

그녀는 꼼짝도 하지 않았다. 마치 그의 축하 인사, 그가 건넨 작별 인사를 전혀 알아듣지 못한 사람처럼 그렇게 앉아 있었다. 그는 손을 내밀었지만 그녀는 잡지 않았다. 거의 질책하는 어조로 프리돌린은 같은 말을 반복했다. "그럼, 나는 아가씨가 근황을 알려주실 것으로 믿고 기다리겠습니다. 자아 그럼, 잘 있어요, 마리안네 양." 그녀는 그 자리에 돌처럼 굳어버린 듯 그대로 앉아 있었다. 그는 걸음을 옮겼다. 그녀가 자신을 다시 불러 세울 수 있는 시간적인 여유를 마지막으로 주려는 것처럼 문가에서 아주 잠깐 동안 서 있었지만, 그녀는 머리를 돌려 외면하고 있는 것 같았다. 그는 등 뒤에서 문을 닫았다. 밖으로 나와 복도에서 왠지 후회의 감정을 느꼈다. 일순간 그는 왔던 길을 되돌아갈 생각까지 해봤지만, 그러면 상대방에게 너무 우습게 보일 것이란 느낌이 들었다.

그러나 이제 무엇을 하나? 집으로 갈까? 갈 데가 또 어디 있단 말인가! 오늘은 더 이상 뭘 할 수도 없을 것 같았다.

그렇다면 내일은? 무엇을? 무엇을 해야 하지? 그는 자신이 졸렬하기 짝이 없고, 의지할 곳도 없다고 느꼈다. 모든 것이 손가락 사이로 술술 빠져나가는 것 같았다. 모든 것이 비현실적인 것이 되었다. 그의 가정, 아내, 아이, 직업, 거기에다 자기 자신마저도 이렇게 혼란스러운 생각에 파묻히자 기계적으로 밤거리를 걷고 있는 자신마저도 실체 없는 허깨비가 된 것 같았다.

시청 탑에서 7시 반을 알리는 소리가 났다. 지금이 몇 시인지는 사실 중요하지 않았다. 시간은 자신의 눈앞에 넘쳐나서 오히려 아무런 쓸모가 없었다. 아무것도, 그 누구에 대해서도 그는 관심이 없었다. 그는 자기 자신에 대해 가벼운 동정심을 느꼈다. 확고한 결심 같은 것은 아니지만, 당장 마차를 잡아타고 아무 기차역으로 가서 이곳을 훌쩍 떠나버릴까 하는 생각이 머릿속을 문득 스쳤다. 어디로 갈 것인가, 그런 것은 상관이 없었다. 그저 자기를 알고 있는 모든 사람들로부터 일단 사라졌다가 훗날 그 어딘가 낯선 땅에 다시 나타나서, 이곳과는 전혀 다른 새로운 사람으로 새로운 인생을 시작하는 것을 생각해보았다. 그는 정신병리학 책에서 읽었던 진기한 환자의 사례, 소위 이중 실존을 살았던 환자가 기억났다. 어떤 한 사람이 아무런 문제가 없다고 여겨지는 상황에서 갑자기 사라져 아예 실종되었고, 몇 달 후엔가 아니 몇 년 후에 다시 고향으로 되돌아왔지만 그사이 자신이 어디에 있었는지를 기억해내지 못했다. 그 후, 그 어딘가 멀리 떨어진 외국에서 그를 만났던 누군가가 그 사람을 알아봤지만, 고향에 다시 돌아온 그는 정작 그이를 전혀 기억하지 못했다. 물론 이런 일들은 아주 드물지만, 어쨌든 실제로 있었던 일이라는 것이 증명되었다. 이런 경험을 한 사람도 적지 않겠지만, 단지 이보다는 훨씬 약화된 형태로 경험했을 것이다. 사람이 꿈에서 깨어나게 되는 것을 예로 들면 어떨까? 물론 보통의 경우에 사람들은 무슨 꿈을 꾸었는지 기억해내겠지…… 그러나 모든 꿈이 다 그런 것은 아닐 거야. 곧바로 까맣게 잊어버려서 설명할 수 없는 어떤 기분, 비밀스럽게 몽롱한 기억 외에는 아무것도 남아 있지 않은 꿈도 분명 있으니까. 아니면 훗날에 아주 먼 훗날에야 비로소 그 꿈을 기억해내지만, 이것이 실제로 체험했던 일인지, 아니면 단지 꿈을 꾸었던 일인지는 안타깝게도 더 이상 분간해내지 못하게 되는 거야. 그래서 단지 꿈이었다고, 그저 꿈에 불과한 사건이라고 여겨버리니……!

그는 이런 생각에 빠져 길을 걸었지만 자기도 모르는 사이에 집 방향으로 가고 있었고, 도중에 그가 빠져든 곳은 어둡고 평판이 그다지 좋지 못한 골목 근처였다. 그는 바로 그 골목에서 아직 스물네 시간도 채 지나기 전에 어떤 타락한 여자의 뒤를 따라, 초라하긴 해도 아늑한 그녀의 숙소로 들어갔었다. 그래, 말로 하자면 타락했다. 그거야 바로 그 여자가, 그리고 바로 이 골목길은 소위 평판이 좋지 못하다, 그것 아니겠어? 사람들은 얼마나 실체 없는 말에 끊임없이 유혹당하고 있는지, 길거리, 운명, 타성에 젖어 습관적으로 말을 덧씌워놓고, 실체 없는 그 말을 가지고 판단을 내려버리는 거야. 그가 지난밤 이상한 우연으로 자리를 같이했던 모든 여자들을 그 근본에서 비교해본다면, 그중 바로 이 어린 창녀가 가장 우아한 여자, 정말로 가장 순수한 여자가 아니었을까, 정말 그렇지 않을까? 그녀를 마음속에 떠올리자 가슴이 뭉클해졌다. 그는 어제저녁 자신이 굳게 마음먹었던 결심을 다시 기억해내고, 순식간에 결정을 내려 가장 가까이에 있는 상점에서 갖가지 먹을 것을 구입했다. 자그마한 봉지를 들고 담장을 따라 걸으며 지금 자신은 적어도 이성적인, 아마도 칭찬을 받아도 아깝지 않은 행동을 감행하고 있음을 의식했고, 마음속으로 진정한 기쁨을 느꼈다. 그는 어쨌거나 외투 깃을 높이 세우고 그 집 현관에 발을 들여놓았고, 계단을 오를 때에도 몇 칸씩 한꺼번에 뛰어 올라갔다. 그녀의 방 초인종을 누르자 상상을 초월하는 날카로운 벨 소리가 그의 귀를 파고들었다. 음흉해 보이는 어떤 여자로부터 미치가 집에 없다는 소식을 들었을 때, 그는 깜짝 놀라 소리가 들릴 정도로 깊이 숨을 들이마셨다. 집에 없는 미치를 위해 그 여자가 군것질거리가 들어 있는 봉지를 채 받아들기도 전에, 아직은 젊고 밉상이 아닌 다른 여자가 목욕

가운 같은 것을 몸에 걸치고 문간으로 나오며 말했다. "이 신사 선생님은 누굴 찾아오셨데요? 미치를? 그 친구는 그렇게 빨리 집에 오긴 글러먹었는데."

늙은 여자는 입을 닥치라는 신호를 보냈다. 그러나 프리돌린은 자신이 어떤 방식으로든 이미 예견했던 일에 대해 확증을 얻으려는 마음이 간절했기에 짤막하게 토를 달았다. "병원에 입원했군. 맞지?"

"뭐 신사분께서 벌써 알고 계신다면야. 허지만 난 건강해요, 증말로 다행이지 뭐." 그녀가 쾌활하게 소리치며 프리돌린 쪽으로 가까이 왔다. 입을 반쯤 벌리고 풍만한 상체를 저돌적으로 들이대며 목욕 가운의 앞섶을 열어젖혔다. 프리돌린은 거절하며 말했다. "난 말이야, 그냥 지나가는 길에 미치에게 뭔가 좀 갖다주려고 했는데." 이렇게 말하는 순간 자신이 갑자기 고등학생 같다는 생각이 들었고, 그래서 다시 사무적인 어투로 바꾸어 물었다. "입원해 있는 병동은 도대체 어디야?"

젊은 그 여자는 어떤 교수의 이름을 댔다. 프리돌린은 그 교수가 과장으로 근무하던 임상 병동에서 몇 년 전에 일반 의사로 일한 바 있었다. 그녀가 친절하게 덧붙였다. "그 봉지 나한테 줘봐요, 내가 내일 걔한테 갖다줄게요. 믿어도 돼요, 난 가로채는 짓은 않거는. 그리고 걔헌테 서방님 안부도 전해주고, 서방님은 일편단심 민들레라고 말해줄게요."

그녀는 이렇게 말하며 그에게 더욱 가까이 다가와 면전에 대고 웃음을 터뜨렸다. 하지만 그가 조금 뒤로 물러서자 그녀는 곧바로 웃음을 거두며 위로하듯 말했다. "의사 말로는 6주 후 늦어도 8주 후엔 집에 다시 온대요."

대문을 빠져나온 프리돌린은 다시 거리를 걸으며 눈물이 목구멍까지 차오르는 걸 느꼈다. 그러나 그는 이 눈물이 반드시 진한 감동을 의미하는 것이 아님을 알고 있었다. 오히려 자신의 신경 기능이 점차로 마비되어 자기통제가 안 되고 있음을 의미했다. 자신의 지금 기분과는 달리 그는 의도적으로 빠른 발걸음으로 활기차게 걷기 시작했다. 미치에 관한 소식은 모든 것이 실패로 끝나게 되리란 것을 말해주는 신호들 중에서 마지막 신호일까? 왜 그런 생각을 하지? 그렇게 커다란 위험을 피해 갔다면, 그건 어쨌든 좋은 징조일 수 있어. 그런데 지금 그런 일이 과연 중요한가, 위험을 피한다는 것, 그 자체가? 여러 가지 다른 일들이 아직도 그의 눈앞에 놓여 있었다. 오늘 새벽에 만난 아름다운 그 여인, 그녀에 대한 추적 조사를 포기할 생각은 추호도 없었다. 지금 당장 그럴 만한 시간은 물론 없었다. 게다가 어떤 방식으로 추적 조사를 해야 할지, 이에 대해서도 신중히 생각해야만 했다. 그래, 이럴 때 누구라도 옆에 있어서 조언을 구할 수 있다면! 그러나 프리돌린에게는 오늘 새벽의 모험을 기꺼이 털어놓을 만한 사람이 아무도 없었다. 몇 년 전부터 그는 아내보다 더 가깝게 진정으로 신뢰하고 있는 사람이 아무도 없었기 때문에. 그럼에도 불구하고 이번 경우에는 아내와 의논하는 것이 거의 불가능했다. 아니 이번 경우뿐만 아니라 다른 어떤 일에서도 이제는 마찬가지였다. 마음속에 품은 생각을 그대로 저질러버릴 수도 있는 사람이기 때문이었다. 바로 오늘 새벽 내가 십자가에 못 박혀 죽게 만든 사람이 다름 아닌 바로 그 여자였으니.

그제야 그는 자신의 발걸음이 집이 아니라, 자기도 모르는 사이에 그 반대 방향으로 가고 있는 이유를 확실히 알게 되었다. 지금 그는 알베르티네를 마주하고 싶지 않았고 마주할 수도 없었다. 가장 분별 있는 행동은 역시 어디가 되었든 밖에서 저녁 식사를 하고, 병원으로 가서 관심을 끌었던 두 개의 임상 사례를 살펴보고, 그런 후에도 집에는 결코 가지 않겠어. "결코 집에는!" 그는 큰 소리를 내서 말했다. 알베르티네가 잠들었다는 것을 확신하기 전에는 결코 집에 가지 않을 셈이었다.

그는 어느 카페 안으로 들어갔다. 시청 근처에 있는 조용한 고급 카페들 중 하나였다. 집에 전화를 걸어 저녁 식사에 자신을 기다릴 필요가 없다고 말한 후 알베르티네가 전화를 받지 못하도록 재빨리 수화기를 내려놓고, 창가에 앉아 커튼을 닫았다. 멀리 떨어진 구석에서 어떤 신사가 막 자리에 앉으려고 했다. 어두운 색 외투를 제외하면 눈에 띄지 않는 평범한 옷차림이었다. 이 신사의 인상을 오늘 어디선가 보았던 것 같아서 곰곰이 생각해봤다. 물론 우연일 수도 있었다. 프리돌린은 석간신문을 손에 들고, 어제저녁 다른 카페에서 했듯이 여기저기 몇 줄씩 읽어보았다. 정치적인 사건에 관한 보도, 극장, 예술, 문학, 온갖 종류의 크고 작은 사고들. 미국의 어느 도시에서는, 전혀 들어본 적 없는 도시였지만, 극장에 화재가 발생하여 전소했다. 굴뚝 청소부 페터 코란트가 창문 밖으로 몸을 던져 자살했다. 때에 따라서는 굴뚝 청소부도 자살한다, 그런 사실이 그 이유가 어쨌든 간에 프리돌린에게는 이상하게 여겨졌고 자기도 모르는 사이에 궁금증에 사로잡혔다. 그 사람이 자살하기 전에 몸을 말끔히 씻었을까, 아니면 평상시처럼 숯검정이 묻은 채 죽음 속으로 추락했을까를 곰곰이 생각해보았다. 시내 중심가의 어느 최고급 호텔에서 오늘 새벽 한 여인이 음독자살을 했다. 눈에 띄게 아름다운 그 귀부인은 며칠 전에 그곳에 도착하여 남작 부인 D.라는 이름으로 투숙하고 있었다. 프리돌린은 불길한 예감에 마음이 흔들리는 것을 느꼈다. 오늘 새벽 4시 정각에 신사 두 사람과 동행한 그녀는 호텔에 도착했고, 이들은 문가에서 그녀와 작별했다. 새벽 4시. 바로 그 시각에 자신도 집에 도착했었다. 그리고 신문 기사에 따르면 정오 무렵에 그녀는 의식을 잃은 채 치명적인 음독 증상을 보이며 침대에서 발견되었다…… 눈에 띄게 아름다운 귀부인이라…… 그래 눈에 띄게 아름다운 여자들이야 많이 있겠지…… 그러니까 그 남작 부인 D.는, 아니지 남작 부인 D.라는 이름으로 호텔에 투숙한 그 귀부인이 새벽에 만난 이름 모를 그 여자와 동일 인물이라고 추정할 만한 동기는 없는 셈이었다. 그럼에도 불구하고 그의 가슴이 두근거렸고, 손에 들고 있는 신문이 덜덜 떨렸다. 시내 중심가의 최고급 호텔이라…… 어느 호텔을 말하는 걸까? 왜 이렇게 비밀투성이일까? 그렇게도 비밀을 지켜주어야만 했을까……?

그는 신문을 내려놓고 고개를 들었다. 멀리 떨어진 구석에 앉아 있던 그 신사가 그가 고개를 드는 것과 거의 동시에 커다란 삽화 신문으로 마치 커튼을 치듯이 얼굴을 가려버렸다. 곧바로 프리돌린도 신문을 다시 손에 들었다. 바로 그 순간 그는 남작 부인 D.는 어떠한 다른 인물이 아니라 바로 오늘 새벽 그가 만났던 그 여인일 수밖에 없다고 생각했다…… 시내의 한 최고급 호텔이라면…… 문제가 되는 호텔은 그리 많지 않았다. 남작 부인 D.라는 이 여자를…… 이런 상황에서는 갈 때까지 가보는 수밖에, 그녀의 자취를 추적하는 것 이외에는 별다른 도리가 없었다. 그는 종업원을 불러 계산을 하고 자리에서 일어났다. 그런 다음 문가에서 구석 자리의 의심스러운 신사를 다시 한번 뒤돌아보았다. 그러나 그 남자는 이상하게도 그 자리에 없었다……

치명적인 음독…… 하지만 그녀는 그때까지도 살아 있

었어. 사람들이 발견한 그 순간에도 그녀는 아직 살아 있었던 거야. 그녀를 살려내지 못했다고 추정할 만한 근거는 결국 없는 셈이지. 그녀가 살아 있든 죽었든 간에, 어떠한 경우에도 그녀를 찾아내고 말 거야. 그래서 내 눈으로 직접 보고 말겠어. 어떠한 경우에도, 살아 있든 죽었든 간에. 이 여인을 보지 못하게 나를 가로막을 작자는 이 세상에 없어. 이 여인은 나 때문에, 그래 나를 대신해서 죽음까지도 마다하지 않았는데. 그녀의 죽음은 나에게 책임이 있어, 전적으로 나에게. 이 여인이 그녀가 맞다면 말이야. 맞아, 그녀가 분명해. 새벽 4시 정각, 두 명의 신사가 동행하여 호텔에 도착했다면! 몇 시간 후에 나흐티갈을 기차역까지 데려다준 그 신사들일 거야. 그 작자들은 양심이 그리 깨끗하진 않아. 그 신사라는 작자들.

그는 시청 앞 광장에 서서 탁 트인 사방을 둘러보았다. 시야에 들어오는 것은 단지 몇몇 사람들뿐이었고 카페에서 나온 의심스러운 그 신사는 거기에 없었다. 혹시 있다 해도 그들이 오히려 두려워하고 있는 게 분명해 보였고, 보다 유리한 입장에 있는 것은 자신이었다. 프리돌린은 발걸음을 재촉하여 순환도로에서 마차를 잡아타고 우선 브리스톨 호텔로 가도록 했다. 그는 호텔의 정문 경비에게, 마치 자신이 탐문 조사를 할 자격이 있거나 이를 위임받은 사람처럼 행동하며, 오늘 새벽에 음독을 했다고 알려진 남작 부인 D.라는 여인이 이 호텔에 머물고 있는지를 물어보았다. 정문 경비는 별로 놀라는 기색이 없었다. 아마 프리돌린을 경찰이나 아니면 이와 유사한 기관에서 나온 공무원 정도로 생각하고 있는 듯했다. 어쨌거나 정문 경비는 그렇게 안타까운 사건이 발생한 곳은 여기가 아니라, 카를 황태자 호텔이라고 공손하게 말해주었다.

프리돌린은 즉시 경비가 말해준 호텔로 갔고, 그곳에서 남작 부인 D.는 발견된 직후 즉각 일반 종합병원으로 후송되었다는 소식을 접하게 되었다. 프리돌린은 자살 기도 사건이 어떤 경위로 발견되었는지를 물었다. 무슨 이유로 새벽 4시가 되어서 호텔에 돌아온 부인을 정오부터 신경을 쓰고 살펴보게 되었는지? 그 동기가 궁금했다. 동기는 아주 간단했다. 신사 두 사람이, 오전 11시 정각에 그녀의 안부를 물어봤었다는 것이다. 아하, 다시 그 신사 두 사람! 전화를 거듭해도 부인이 받지 않자 방 청소를 하는 직원이 문을 두드려봤고, 그 소리에도 인기척이 없고 문까지 안으로 잠겨 있어 하는 수 없이 문을 부수고 들어가보니 남작 부인이 의식을 잃은 채 침대에 쓰러져 있었다는 것이다. 그래서 즉각 응급구조센터와 경찰에 연락을 했다고 말했다.

"그럼 두 신사들은?" 프리돌린이 날카로운 목소리로 물었고, 자기 자신이 비밀경찰이나 된 것처럼 느껴졌다.

물론 그 신사들은 뭔가 의심스러운 구석이 있었는데 그

사이 흔적도 없이 사라져버렸다고 했다. 그 밖에도 그 귀부인이 호텔에 투숙할 때 밝힌 남작 부인 두비에스키라는 이름은 결코 사실이 아닌 것 같다고 했다. 그녀가 이 호텔에 투숙한 것은 이번이 처음으로, 이런 이름을 가진 가문도 전혀 없을뿐더러 어쨌거나 적어도 귀족 가문은 아니라고 했다.

프리돌린은 정보를 알려줘서 감사하다는 인사를 남기고 허겁지겁 그 자리를 떠났다. 조금 전에 이곳에 들어선 호텔 지배인이 달갑지 않은 눈빛으로 그를 유심히 뜯어보기 시작했기 때문에 서두르지 않을 수 없었다. 그는 다시 마차에 올라타서 종합병원으로 가자고 했다. 몇 분 후 병원 접수처에서 그는 남작 부인 두비에스키라고 알려진 여인은 내과 제2병동으로 옮겨졌을 뿐만 아니라, 의료진들이 모든 조치를 다 취했음에도 불구하고 다시 의식을 회복하지 못한 채 오후 5시 정각에 숨을 거두었음을 알게 되었다.

프리돌린은 숨을 길게 내쉬었다. 그 자신은 숨을 길게 내쉬었다고 생각했지만, 정작 그의 입에서 새어 나온 것은 땅이 꺼지는 한숨 소리였다. 당직 근무 중인 직원이 약간 의아한 듯이 고개를 들어 그를 올려다봤다. 프리돌린은 바로 평정을 되찾고 정중하게 작별 인사를 한 후 건물 밖으로 나왔다. 병원 앞 정원에는 인적이 거의 없었다. 근처 가로수 길의 가로등 불빛 아래로 간호사 한 사람이 지나가고 있었다. 청색과 백색 줄무늬가 쳐진 가운과 하얀 모자를 쓰고 있었다.

"죽었어." 프리돌린은 혼잣말로 이야기했다.

이 여자가 그녀라면······ 그런데 혹시 이 여자가 그녀가 아니라면? 그래서 그녀가 아직도 살아 있다면, 도대체 어떻게 찾아낼 수 있단 말인가?

신원이 알려지지 않은 그 여자의 시신은 지금 어디에 있을까? 이러한 의문은 손쉽게 풀 수 있는 것이었다. 그녀가 죽은 지 불과 몇 시간밖에 안 되었기 때문에 분명 시신 안치실에 있을 것이고, 그곳까지의 거리는 이곳에서 100걸음도 채 안 되었다. 이미 늦은 시간이었지만 의사 신분으로 그 방에 들어가는 데 어려움은 전혀 없었다. 그렇지만, 거기 가서 뭘 한단 말인가? 그저 그녀의 육체만을 알고 있을 뿐 얼굴은 전혀 보지 못했었다. 아니 오늘 새벽 무도회장을 떠날 때, 아니 더 정확하게 말해서 쫓겨 나올 때, 단 1초 정도 언뜻 보았을 뿐이었다. 지금까지 이런 정황을 전혀 고려하지 않은 이유는 따로 있지 않았다. 그 신문 기사를 읽고 난 후부터 지금까지, 자살한 여인의 얼굴은 몰랐지만 그 얼굴에서 항상 알베르티네의 용모를 떠올렸었기 때문이다. 그는 무엇인가를 깨닫고 전율을 느꼈다. 아내의 얼굴이 자신이 찾고 있는 그 여인의 모습으로 눈앞에서 끊임없이 어른거리고 있었음을 그제야 깨달은 것이나. 그런데도 안치실에서 무언 하겠다고? 그는 다시 한번 스스로에게 물어보았다. 그래, 혹시 살아 있는 그녀를 다시 발견하게 된다면 오늘 아니면 내일, 아니면 몇 년 후, 언제, 어디, 어떤 상황에서 다시 발견하게 되더라도 그 무엇보다도 그녀의 걸음걸이, 몸가짐, 그리고 목소리에서 그 여자를 아무런 오해 없이 정확하게 알아볼 만한 자신이 있었다. 하지만 지금 이 상황에서는 단지 그녀의 육체, 죽은 여자의 육체와 그 얼굴 이외에는 더 볼 수 있는 것이 없었다. 그녀의 얼굴 중에서도 그는 단지 그녀의 눈, 그녀의 눈빛 이외에는 알고 있는 것이 없었고, 그 눈동자도 이미 풀려 있을 것이 분명했다. 맞아. 그러나 그녀의 눈매는 알고 있어, 그리고 머리카락도. 홀에서 쫓겨나기 전 마지막 순간에 갑자기 풀어 헤쳐지면서 그녀의 나체를 감쌌던 머리카락을 보았었다. 하지만 그녀인지 아닌지를 분명하게 확인하는 데 그것만으로도 과연 충분하다고 할 수 있을까?

그는 생각에 잠겨 망설이는 발걸음으로 낯익은 앞마당을 통과하여 병리해부학 교실을 향해 천천히 걸어갔다. 문이 잠겨 있지 않았기 때문에 굳이 초인종을 누를 필요도 없었다. 불이 침침하게 켜져 있는 복도를 걸어 들어가자, 그의 발걸음에서 돌바닥이 쿵쿵 울리는 소리가 났다. 고향에 온 느낌이 들 정도로 어느 정도 익숙해 있는 갖가지 화약약품 냄새가 이 건물 고유의 시신 냄새를 압도하며 프리돌린의 코를 감쌌다. 그는 조직학 연구실의 문을 두드렸다. 그 방에서 조교가 아직도 일하고 있을 것이 분명하다고 추측했기 때문이다. 무뚝뚝하게 "들어오세요"라는 대답이 들리자, 프리돌린은 안으로 들어갔다. 그 방은 천장이 높았고 무슨 축제 때처럼 눈이 부실 정도로 밝았다. 그 방 한가운데에 있는 현미경으로부터 막 눈을 떼면서 이쪽을 바라보는 사람은, 프리돌린이 이미 기대했던 대로, 옛날 동창생이자 이 연구소의 조교로 있는 아들러 박사였다. 그는 곧바로 의자에서 일어났다.

"오오 이 친구, 여긴 웬일인가." 아들러 박사는 아직도 약간 달갑지 않은 목소리였지만 반가운 표정으로 프리돌린을 맞이했다. "이렇게 뜻밖의 시간에 찾아주다니, 이 무슨 영광인가?"

"방해해서 정말 미안하이." 프리돌린이 말했다. "일에 한참 빠져 있었구먼."

"물론이지." 아들러는 학창 시절부터 독특했던 날카로운 어조로 대답하고, 조금 가벼운 목소리로 덧붙였다. "그렇지 않으면 이 신성한 홀에서 한밤중에 할 일이 뭐가 있겠나? 물론 자네 때문에 방해받는 것은 아니니까, 조금도 걱정하지 말고. 그래, 내가 도와줄 게 뭔가?"

프리돌린이 곧바로 대답하지 않자 그가 말했다. "우리에게 오늘 내려보낸 에디슨이 문제라면, 그 남자는 아직까지 전혀 손을 못 댔어, 지금 저 건너편 방에 그대로 있어. 부

검은 내일 아침 8시 반이야."

프리돌린이 그게 아니라는 몸짓을 하자, 그가 다시 말했다. "아아 그래. 흉막암! 그것이라면 조직 검사도 의심할 여지없이 악성종양으로 판명 났잖아. 그 문제라면 걱정도 팔자라니까, 쓸데없는 걱정일랑 붙들어놓으라고."

프리돌린이 다시 머리를 흔들며 말했다. "여기 온 이유는 직무상 용건이 아니야."

"아 그래, 그럼 더 잘됐네." 아들러가 말했다. "난 또 엉뚱한 생각을 했지 뭐. 자네가 무슨 일인지 양심의 가책에 시달리다 못해 잠을 자야 할 시간에 여기까지 내려오지 않았나, 그렇게 생각했었지."

"맞아, 양심의 가책 아니면 적어도 양심 전체와 근본적으로 관계된 일이야." 프리돌린이 대답했다.

"오우 그래!"

"간단하게 말하지." 프리돌린은 아무 일도 아닌 것처럼 무미건조한 말투를 유지하려고 전심전력을 기울였다. "나는 어떤 한 여자에 대해 알고 싶어. 오늘 저녁 제2병동에서 모르핀 중독으로 죽었다는데, 지금 여기에 내려다놓았을 것 같아. 남작 부인 두비에스키." 그는 재빨리 말을 이어갔다. "내 추측으론 자칭 두비에스키라는 이 여자는 내가 몇 년 전 잠깐 알고 지냈던 사람 같아, 내 추측이 정말 맞는지 그것이 궁금해서."

"수이사이드?"* 아들러가 물었다.

프리돌린은 고개를 끄덕였다. "그래, 자살이야." 그는 이 사안에 다시 사적인 성격이 부여되기를 바란다는 듯이 다른 말로 바꾸어 대답했다.

아들러는 집게손가락을 익살스럽게 뻗어서 프리돌린을 가리켰다. "지체 높으신 황제 폐하께 바친 불행한 사랑?"

프리돌린은 약간 화를 내며 이를 부정했다. "남작 부인 두비에스키라는 여자의 자살은 나의 인격과는 조금도 상관이 없어."

"진정해, 진정하라고. 난 입을 함부로 놀리지 않아. 지금 당장 가서 확인해볼 수 있어. 내가 알기론 오늘 저녁 법의학부 쪽에서도 아무런 요구가 없었어. 어쨌든……"

법적인 부검, 이런 단어가 프리돌린의 머릿속에 섬광처럼 스쳐 지나갔다. 그런 경우도 분명 있을 수 있었다. 그녀의 자살이 정말 자의적이었는지, 그 누가 알 수 있단 말인가? 두 명의 신사가 그의 머리에 다시 떠올랐다. 그녀가 자살을 시도했다는 소식을 듣고 그들은 호텔에서 갑자기 사라졌다. 이 문제가 일급 살인 사건으로 발전되지 말라는 법도 없었다. 그리고 프리돌린은 자신이 증인으로 소환되지 않는다고 그 누가 보장할 것인가. 아니지, 혹시 내가 자진해

* 의학 용어로 자살을 의미.

서 법정에 출두할 책임이 있는 것은 아닐까?

그는 아들러 박사를 따라 복도를 건너 반대편에 있는 문으로 갔다. 문은 반쯤 열려 있었다. 샹들리에의 양쪽 팔에 약하게 켜놓은 가스 불이 방 안을 희미하게 밝혀주었다. 천장이 높은 삭막한 방이었다. 열두 개 또는 열네 개 정도 되는 안치대 중에서 시신이 놓여 있는 것은 그저 몇 개에 불과했다. 몇 구의 시신에는 아무것도 덮여 있지 않아 나체가 그대로 드러나 있었고, 일부는 리넨* 천으로 덮여 있었다. 프리돌린은 바로 문 옆에 있는 첫번째 안치대로 다가가, 시신의 머리에서 천을 조심스레 벗겨냈다. 아들러 박사가 들고 있는 손전등에서 눈부신 불빛이 갑자기 내리비쳤다. 프리돌린은 회색 수염이 난 남자의 노란색 얼굴을 보자 곧바로 다시 덮어버렸다. 그다음 탁자 위에는 바짝 마른 소년의 시신이 나체로 놓여 있었다. 다른 안치대에 가 있던 아들러 박사가 말했다. "예순에서 일흔쯤 되어 보이는데, 이 여자는 분명 아닐 것이고."

프리돌린은 갑자기 무엇인가에 이끌린 듯이 방의 끝으로 걸어갔다. 그곳에서 여자의 육신이 빛을 발하고 있는 것이 그의 눈에 보였다. 여자의 머리는 옆으로 숙여져 있었다. 어두운 색의 긴 머리채가 거의 바닥까지 흘러내려 있었

* 아마로 짠 얇은 직물.

다. 프리돌린은 자기도 모르게 손을 내밀어 머리를 바로 세우려고 했지만, 의사인 그로서도 평상시 없던 두려움이 생겼기 때문에 잠시 머뭇거렸다. 아들러가 가까이 다가와 등 뒤에서 말했다. "모두 들여다볼 필요가 없다, 그거지. 그러니까 이 여자야?" 프리돌린이 두려움을 극복해가며 여자의 머리를 양손으로 잡고 조금 들어 올리려 하는 순간에 아들러 박사의 손전등이 여자의 얼굴을 비추었다. 눈꺼풀이 반쯤 감긴 하얀 얼굴이 그를 뚫어지게 바라보는 것 같았다. 아래턱은 축 늘어져 있었고, 좁은 윗입술이 위로 당겨 올라간 나머지 푸르뎅뎅한 잇몸과 가지런한 하얀 이가 보였다. 혹시 이 얼굴이 옛날 한때에, 아니 어제까지만 해도 그토록 아름다웠던 그 여인의 것이란 말인가? 프리돌린은 말문이 막혔다. 이것은 완전히 무의미하고 공허한 얼굴, 바로 죽은 얼굴이었다. 이런 얼굴이라면 열여덟 살 여자의 것이나 서른여덟 살 여자의 것이나 구별할 수 없을 만큼 똑같아 보였을 것이다.

"그 여자가 맞아?" 아들러 박사가 물었다.

그 말을 듣자 프리돌린은 자기도 모르는 사이에 몸을 깊숙이 숙여, 빳빳하게 굳은 그 얼굴에서 대답을 캐낼 수 있다는 듯이 시신의 얼굴을 뚫어지게 쳐다보았다. 그러나 이것이 정말로 그녀의 얼굴, 그녀의 눈이고, 이제 그토록 생의 열기로 가득 차 자신의 눈을 바라보며 빛을 발했던 그 눈이라고 해도, 다시는 알아보지 못할 것 같았다. 아니 그것을 알 수도 없었고, 결국에는 그것을 알고 싶은 생각도 전혀 없었다. 그는 머리를 다시 탁자 위에 부드럽게 내려놓고, 손전등 불빛이 비추는 대로 시선을 옮겨 가며 죽은 육신을 유심히 살펴보았다. 이것이 정말 그녀의 육체란 말인가? 피어오르는 꽃봉오리같이 매력적이던 그 육체, 어제까지만 해도 자신이 고통스럽게 열망했던 바로 그 육체란 말인가? 주름 잡힌 목덜미에는 누르스름한 빛이 돌았고 젖가슴은 소녀의 것처럼 작았지만 약간 축 늘어져 있었고, 젖무덤 사이의 창백한 피부 아래쪽에서는 이미 부패가 시작되고 있는 듯했으며 가슴뼈가 잔인할 만큼 적나라하게 드러나 있는 것도 보였다. 연한 갈색을 띤 하복부의 곡선, 그리고 이제는 더 이상 비밀도 아니고 아무런 의미도 없는 어두운 그늘에서 멋진 모양의 허벅다리가 갈라져서 힘없이 벌려져 있었다. 약간 바깥으로 돌아가 있는 무릎 그리고 정강이뼈의 날카로운 모서리, 날씬한 발에는 발가락이 안으로 곱아 있었다. 손전등에서 나온 둥근 불빛이 훨씬 빠른 속도로 다시 거슬러 올라가자, 이 모든 것은 차례차례 어둠 속으로 가라앉았다. 마침내 불빛이 가볍게 떨리면서 창백한 얼굴에 조용히 머물렀다. 무의식적으로 마치 보이지 않는 어떤 힘에 이끌려 강요를 당하는 사람처럼 프리돌린은 자신의 두 손을 들어, 죽은 여인의 이마, 뺨, 어깨, 팔을 어루만졌다. 그런 다음 마치 연인들이 하는 장난처럼 자신의 손가락을 죽은 여인의 손가락에 끼워보려고 했다. 그녀의 손가락은 이미 빳빳하게 굳어 있긴 했지만, 그의 손가락을 마주 잡기 위해 손을 움직여보려고 안간힘을 쓰는 것만 같았다. 반쯤 감겨진 눈꺼풀 아래에는 동공이 풀린 초점 없이 머나먼 시선이 그의 눈을 찾아서 이리저리 헤매고 있는 것처럼 보였고, 그 순간 마법에 의해 와락 낚여 채인 사람처럼 그는 몸을 떨구어 그녀를 향해 깊이 고개를 숙였다.

그때 갑자기 그의 등 뒤에서 속삭이는 목소리가 들렸다. "아 아니, 너 지금 뭐 하고 있어, 응?"

프리돌린은 문득 정신을 차렸다. 그는 죽은 여자의 손가락에서 자신의 손을 풀어내고, 그녀의 가느다란 손목을 움켜잡아 얼음같이 차가운 팔을, 꼼꼼하게 정성 들여서 몸통 옆에 가지런히 내려놓았다. 그의 마음속에서 이 여인은 지금 이 순간에 마지막 숨을 거둔 것처럼 여겨졌기 때문이다. 그는 몸을 돌려 문 쪽으로 발걸음을 옮겼다. 발소리가 쿵쿵 울리는 복도를 거쳐, 방금 전에 나왔던 연구실로 다시 들어갔다. 아들러 박사는 아무 말 없이 그를 뒤따라 들어오며 등 뒤로 문을 닫았다.

프리돌린이 세면대로 가며 말했다. "좀 써도 되겠지."
그는 소독약과 비누로 꼼꼼하게 손을 씻었다. 그사이에 이들러 박사는 중단했던 자신의 작업을 다시 시작할 채비를 하는 것처럼 보였다. 그는 적당한 조명 장치의 스위치를 다시 켜고, 미동 나사를 돌려가며 현미경을 들여다보았다. 프리돌린이 다가가 작별 인사를 하려고 했을 때, 아들러 박사는 이미 작업에 완전히 빠져 있었다.

"너, 이 표본 한번 들여다볼래?" 그가 물었다.

"무엇 때문에?" 프리돌린은 딴생각에 사로잡혀 있다가 그에게 반문했다.

"무엇 때문이겠어, 의사로서의 네 양심을 진정시켜주려고 그런다." 아들러 박사가 대답했다. 그는 프리돌린의 방문에는 의학적이고 학문적인 목적만이 있었다는 것처럼 행동했다.

"제대로 보여?" 프리돌린이 현미경을 들여다보고 있는 동안 아들러가 물었다. "상당히 새로운 염색 방법을 써보았거든."

프리돌린은 렌즈에서 눈을 떼지 않고 고개를 끄덕였다. "정말 이상적인데." 그가 말했다. "눈부시게 화려한 색채의 그림이라고도 할 수 있겠어, 정말로!" 그리고 그는 새로운 기술에 대해서 세세하게 물어보았다.

아들러 박사는 그가 원하는 것을 설명해주었다. 프리돌린은 이 새로운 염색 기술이 가까운 시기에 자신이 계획하고 있는 작업에도 아주 유용할 것 같다는 의견을 표명하며, 보다 자세한 설명을 듣기 위해 내일 아니면 모레 이곳에 다시 와도 괜찮은지를 물었다.

"언제든 오라고, 기꺼이 도와줌세." 아들러 박사는 이렇게 말하고, 발걸음이 울리는 타일 바닥을 지나 그사이 잠겨버린 현관문까지 프리돌린을 바래다주며 자신의 열쇠로 문을 열어주었다.

"자네는 더 일할 텐가?" 프리돌린이 물었다.

"물론이지." 아들러 박사가 대답했다. "지금 이 시간이 최고로 좋은 작업 시간이야. 자정에서 새벽녘까지 말이야. 최소한 방해는 받지 않는다는 점은 확실하잖아."

"그건 그래." 프리돌린은 이렇게 말하며 죄책감 때문인지 가벼운 미소를 지었다.

아들러 박사는 프리돌린을 안심시키려는 듯이 자신의 손을 그의 팔 위에 올려놓고, 조심스레 물었다. "어때, 그 여자가 맞아?"

프리돌린은 한순간 머뭇거리다가 아무 말 없이 고개를 끄덕였지만, 자신의 긍정이 곧 거짓을 의미할 수도 있음을 완전히 의식하지는 못했다. 지금 저 안치실에 누워 있는 그 여자가 스물네 시간 전, 나흐티갈의 격렬한 피아노 소리에 맞추어 자신의 품에 안겼던 나체의 그 여인인지, 아니면 이전에 단 한 번도 만난 적 없는 전혀 낯선 여인인지, 프리돌린으로서는 알 수 없었기 때문이다. 그러나 이제 그가 알게 된 것은 그런 것과는 상관이 없었다. 그가 찾아 나섰던 여자, 그가 갈구했었고 한 시간 동안이라도 혹시 사랑했었던 그 여자가 아직 살아 있거나, 또는 그 여자가 자신의 삶을 어떤 방식으로든 계속 살아간다 해도, 그런 것은 이제 그와는 아무 상관이 없었다. 그가 등을 돌리고 나온 저 뒤편, 아치형 천장 밑의 깜빡거리는 가스등 불빛 아래에는 여러 그림자 속에 섞여 한 그림자가 놓여 있으니, 죽은 그 여자처럼 더 이상의 의미도 비밀도 없고 그저 어두운 그림자일 뿐이었다. 이 그림자가 그에게 의미하는 것은 돌이킬 수 없는 부패 작용에 내맡겨진, 지난밤의 창백한 시신이었고 그 이외에 어떤 다른 것을 의미할 수 없었다.

제7장

인적이 끊긴 어두운 골목길을 지나 그는 서둘러 집으로 향했다. 그리고 스물네 시간 전과 마찬가지로 진찰실에서 옷을 벗고, 몇 분이 지나서 가능한 한 소리를 내지 않고 부부 침실에 발을 들여놓았다.

알베르티네의 편안하고 고른 숨소리가 들렸고, 포근한 베개 위에는 그녀의 머리 윤곽이 뚜렷이 드러나 있었다. 애정의 감정, 아늑하고 포근한 감정…… 자신이 전혀 기대하지도 않았던 그런 감정들이 갑자기 그의 가슴속에 치밀어 올랐다. 그는 그녀에게 가능한 한 빨리 늦어도 내일쯤에는 지난밤의 사건들을 모두 이야기해주리라 마음먹었다. 그렇지만 우선은 그가 체험한 그 모든 것이 마치 하나의 꿈이었던 것처럼 이야기해주고, 그래서 그녀가 그의 모험이 한갓 부질없는 꿈이었다고 느끼고 이를 정말로 인정하게 되면, 비로소 그다음에 그 꿈이 사실은 현실이었다고 고백할 작정이었다. 그게 정말 현실이었나? 그는 스스로에게 반문해보았다. 바로 그 순간 알베르티네의 얼굴 바로 옆에 나란히 놓여 있는 자신의 베개 위에 그 무엇인가 어두운 것이, 어둠에 묻혀 있는 한 인간의 얼굴처럼 윤곽이 뚜렷한 것이 놓여 있음을 발견했다. 일순간 그는 심장이 멎는 것 같았다. 그러나 그다음 순간에 이미 그것이 무엇인지를 알아보고 베개 쪽으로 손을 뻗어 가면을 집어 들었다. 오늘 새벽에 자신이 한동안 쓰고 다녔던 그 가면이었다. 오늘 아침 짐을 꾸릴 때 자신도 모르는 사이에 떨어져 방을 치우던 하녀, 아니면 알베르티네가 직접 발견했으리라 추측되었다. 알베르티네가 이것을 주운 이후 온갖 상상을 다 해보았으리란 것은 의심의 여지가 없었다. 실제로 일어났던 것보다 아마 더 많고, 더욱더 심각한 일들을 상상해보았을 것이 분명했다. 하지만 그녀가 남편에게 이를 암시하는 방식, 옆에 있는 남편 베개 위에 어두운 가면을 놓아둔 그녀의 발상을 생각해보면 남편의 얼굴이 그녀에게 수수께끼가 되어버렸음을 의미하는 것 같았고, 그러나 또 한편으로 장난 같지만 대담무쌍한 이러한 발상에는 그녀의 가벼운 경고와 함께 그를 용서해줄 각오가 이미 되어 있음을 표시해놓고 있었다. 이러한 정황은 프리돌린에게 확고한 희망을 안겨주었다. 프리돌린은 깨달았다. 그녀 자신도 스스로의 꿈을 회상했던 것이 틀림없고, 그리고 이 꿈이 실제로 일어날 수 있다는 것을 진심으로 의식했기 때문에 아내도 프리돌린의 모험을 너무 심각하게 받아들이려 하지 않는다는 점이 분명했다. 프리돌린은 일순간 온

몸에서 힘이 빠지며 가면을 바닥에 떨어뜨리고, 스스로에게도 전혀 뜻밖의 일이었지만, 큰 소리로 고통스러운 울음을 터뜨리며 침대 곁에 쓰러지듯 무릎을 꿇고 앉아 베개에 얼굴을 파묻은 채 소리를 죽여가며 흐느껴 울었다.

몇 초 지나지 않아, 그는 아내의 손이 자신의 머리를 부드럽게 쓰다듬고 있음을 느꼈다. 그는 얼굴을 들었고, 마음속 깊은 곳에서 우러나오는 말을 했다. "당신에게 모든 걸 다 털어놓고 싶어."

처음에는 그녀가 만류하듯이 가볍게 손을 흔들었다. 그는 그 손을 붙잡아 자기 손안에 꼭 쥐고서 의향을 묻듯이, 그리고 동시에 애원하듯이 그녀를 올려다보았다. 그녀는 고개를 끄덕였고, 그는 말하기 시작했다.

아침이 회색빛을 띠고 커튼 사이로 서서히 밝아오기 시작할 무렵, 프리돌린은 이야기를 마쳤다. 그가 말을 하는 동안 알베르티네는 단 한 차례도 호기심 어린 또는 참을성 없는 질문으로 이야기를 중단시키지 않았다. 그녀는 프리돌린의 고백을 듣고 만족해했다. 그는 그녀에게 어떤 것도 숨기려 하지 않았고 또 그럴 수도 없었다. 그녀는 아직도 양팔로 목 베개를 한 채 누워 있었고, 프리돌린은 이야기를 마친 후 오랫동안 말이 없었다. 드디어 그는 그녀 곁에 몸을 길게 뻗고 누워 그녀 얼굴 위로 몸을 숙이고, 미동도 없는 그녀의 얼굴에서 해맑고 커다란 눈동자를 들여다보았다. 그 눈동자 위로 이제 막 솟구쳐 오르는 아침 햇살이 비치는 것 같았다. 그는 의혹에 빠져 주저했지만, 동시에 희망을 가득 안고 그녀에게 물었다.

"알베르티네, 이제 우리는 어떻게 해야 하지?"

그녀는 미소를 짓고 잠깐 머뭇거리다가 대답했다. "우리의 운명에 감사해야겠지, 그 모든 모험으로부터 우린 무사히 빠져나왔잖아. 현실에서의 모험 그리고 꿈속에서의 모험, 이 두 가지에서 모두."

"당신도 정말 그걸 확신해?" 그가 물었다.

"응, 확신해. 하룻밤 동안 실제로 있었던 일, 아니 한 인간의 전 생애에 걸쳐서 실제로 있었던 모든 일조차도 그 사람의 가장 내면적인 진실을 동시에 의미하지 않는다는 걸 짐작하고 있기 때문에, 나는 그만큼 확신이 있어."

"그리고 어떠한 꿈도" 그는 조용히 한숨을 내쉬며 말했다. "순전히 꿈으로만 그치는 게 아니야."

그녀는 그의 머리를 두 손으로 감싸 가슴 깊이 끌어안으며 말했다. "이제 우리는 정말 깨어났군. 앞으로 한동안은."

그는 '영원히'라는 말을 덧붙이고 싶었다. 그러나 이 말을 입 밖에 꺼내기도 전에 그녀는 그의 입술 위에 자신의 손가락을 얹고서 혼잣말인 것처럼 속삭였다. "결코 미래를 속단하지 마."

이렇게 두 사람은 아무 말 없이 누워 있었다. 두 사람은 가벼운 잠에 빠져 있었지만, 서로에 대한 꿈에서 깨어나 몸을 바짝 붙이고 있었다. 여느 날 아침처럼 방문을 두드리는 소리가 7시 정각에 들릴 때까지. 그리고 귀에 익숙한 소음이 길거리에서 들려오고, 호화찬란한 햇빛이 커튼 사이로 비치자 아이의 해맑은 웃음소리가 옆방에서 울려 퍼졌고, 그렇게 새로운 하루가 또다시 시작되었다.

빈 왈츠의 어두운 심연

『꿈의 노벨레』(1925)는 아르투어 슈니츨러 문학의 정수를 보여주는 걸작 중 하나고, 그 주인공은 부부다. 남편은 현실 세계에서, 아내는 꿈속에서 결혼 생활에 치명적일 수 있는 에로스의 세계에 빠져든다. 부부 각자에게 감추어진 욕망, 아니 프로이트의 『꿈의 해석 *Die Traumdeutung*』(1900)을 문학으로 읽어보는 기회이기도 하다. 그러나 굳이 프로이트의 자연과학적 결정론이 아니더라도 우리가 사회 곳곳에서 벌거벗은 에로스의 무차별적인 힘의 존재를 거듭 확인하고, 분노·경악·민망·좌절하여 얼굴을 가리고 싶은 지점에서 슈니츨러 문학은 시작된다. 한 사회의 가장 기본적인 최소 결합 단위인 남녀 공동체의 건강을 위해 우리가 미투운동, 성폭력 등을 이야기하지 않을 수 없다면, 슈니츨러 문학은 하나의 대안이 될 수 있을 것이다.

　아르투어 슈니츨러는 1862년 오스트리아 빈의 상류사회에서 태어나 몇 번의 여행을 제외하면 평생 빈을 떠나지 않았다. 의사인 아버지의 영향으로 의학을 공부했지만 결국 의사의 길을 버리고 전업 작가로 활동했다. 그는 작가로서 성공을 거두어 경제적인 부를 얻었는가 하면, 도박과 낭비로 어려움을 여러 차례 자초하였고 그의 여성 편력은 카사노바의 환락과 모험을 옮겨놓은 것처럼 보였다. 슈니츨러는 병적인 삶의 소유자였다. 하지만 그는 죽는 날까지 52년 동안 하루도 빠짐없이 일기를 기록하였으니, 우리는 거기서 정신과 의사가 병든 영혼을 대하는 태도를 읽어낼 수 있다. 그는 자신이 죽고 40년이 지날 때까지 일기를 공개하지 말라는 유언을 남겼고, 평소에도 호기심을 가진 사람들, 특히 부인의 손에 닿지 않도록 신중하게 보관했다. 그의 일기는 전통적인 규범의 시선으로는 공개될 수 없는 보물이었기 때문이다. 슈니츨러 문학은 자신의 체험과 내면을 생체 해부하듯이 관찰하고 진단해낸 결과이고, 이를 통해 그가 보내는 메시지는 모든 양상의 고정관념에서 벗어나자는 것이었다.

슈니츨러 작품의 주된 배경인 빈의 시민사회 분위기는 장엄한 낙조落照 또는 황홀한 멜랑콜리였다. 화창한 일요일이면 빈의 번화가를 가득 메우는 산보객들, 실크해트silk hat에 시가를 문 신사들, 양산을 받쳐 들고 베일로 얼굴을 가린 귀부인, 은근슬쩍 마주치는 남녀의 시선, 쌍두마차, 노천카페, 매혹적인 커피 향기, 감미로운 음악처럼 수고받는 대화, 오페라 극장, 부르크테아터의 연극, 은은한 분위기의 레스

토랑, 상류사회 응접실의 커다란 안락의자와 피아노, 거기에다 창문에 길게 늘어진 커튼은 몰락해가는 합스부르크 왕조의 황혼을 가려주었고, 푹신하게 깔린 양탄자는 먹장구름처럼 밀려오는 변화의 발걸음 소리(산업혁명, 도시 빈민층을 비롯한 대도시 문제, 전통 기득권 사회의 붕괴와 전쟁의 위험)를 빨아들였다. 슈니츨러에 따르면 '안정된 직장, 결혼, 행복한 가정, 시민사회의 규범적인 생활'은 세기 전환기 빈 상류사회에서 그 무엇과도 맞바꿀 수 없는 이상적 가치였고, 이러한 세계가 정녕 현실이 아니라면 환상에서 깨어나지 않고 죽음을 맞이하는 자가 차라리 행복하였다. 당대 빈 상류사회뿐만 아니라 전 유럽을 풍미했던 빈 왈츠, 왈츠가 불러일으키는 상념은 '안정되고 조화로운 사회'를 대변해준다. 전통적인 사회에서 가장 기초적인 결합 단위인 남성과 여성이 한 쌍을 이루어 껴안듯이 마주 보고 일사불란하게 맞물려 돌아가는 생동적인 사회, 음악과 춤 사이의 경계가 사라지고 영혼과 육체가 하나로 어우러지는 세계, 또는 이러한 유토피아적 환상이 발산하는 장엄한 아름다움을 빈 왈츠에서 다시 떠올려볼 수 있기 때문이다. 그러나 춤은 언젠가는 끝나기 마련이니, 그 순간 환상은 불현듯 슬픔이 된다. 빈 왈츠의 마지막 여운, 그리고 그 뒤에 찾아오는 적막감은 고통이다.

이 책 『꿈의 노벨레』의 배경에도 왈츠 테마가 숨겨져 있다. 주인공 프리돌린은 '유능하면서도 성실하고 전도양양한 의사'로서 '최고의 남편감'이고, 그의 아내 알베르티네는 '천사와 같은 눈빛에 가정주부의 자태와 모성'이 흘러넘친다. 총명한 딸아이는 보모로부터 프랑스어와 예의범절을 배우는 한편, 남편은 오전 8시부터 오후까지 병원 근무에다 개인 진료에 매달려 있고 늦은 저녁에도 환자를 마다하지 않는다. 보다 안락한 삶을 원하는 성격 때문에 남편은 현재의 직업을 택했고, 그래서 그만큼 열심이다. 남편 못지않게 아내도 집안일로 온종일 쉴 틈이 없다. 남편과 아내의 일상적 대화에서 서로의 관심을 끄는 화젯거리는 '병원에서의 일상사 특히 승진 및 인사이동'이다. 부부의 행복한 결혼 생활은 남편의 안정된 직장 생활과 아내의 헌신적인 집안일이 그 전제다. 프리돌린과 알베르티네의 결혼 생활은 세기 전환기 유럽 시민사회에서 이상적인 가정을 상징하고 있으나, 이는 결코 지나간 시대의 이야기가 아니다. 오늘날 우리 사회에서도 모범이 될 만한 단란한 가정, 행복한 결혼 생활의 단면을 다시 보고 있는 것 같기 때문이다.

작품의 첫머리에는 하루의 일과와 저녁 식사를 마친 가족이 식탁에 둘러앉아 있다. 잠자리에 들기 전의 단란한 저녁 시간이다. 동화책을 읽는 총명한 딸아이, 아이의 이마를 쓰다듬어주는 부모의 손, 남편과 아내가 주고받는 부드러운 미소, 붉은 등불은 행복한 가정의 상징들이다. 아이가 잠자리에 들고, 남편과 아내는 지난밤의 가면무도회에서 있었던 일에 대해 잡담을 나누다가 점점 더 진지한 대화로 빠져든다. 두 사람은 각자에게 "감추어진 욕망, 거의 예상치 못했던 욕망, 가장 명징하고 가장 순수한 영혼의 한가운데에 있어도 위험천만한 돌개바람에 휘말릴 수 있는 눈먼 욕망"(11쪽)을 서로 파헤치다가 "운명이라는 이해할 수 없는 바람이 세차게 몰아치"(같은 곳)자 프리돌린은 현실에서, 알베르티네는 "비록 꿈속에서라도"(같은 곳) 에로스의 모험에 몸을 던진다. 부부의 세계에서 서로를 상대로 벌이는 의식적인 그리고 무의식적인 조롱·경고·협박·배신 그리고 복수다. 빈 왈츠의 환상이 깨진 자리에서 시작되는『꿈의 노벨레』는 빈 왈츠의 어두운 심연에서 분출되는 또 다른 음악과도 같은 것이다. 때로는 "욕망의 고통"(75쪽)에서 비롯된 신음과도 같은 음악, 때로는 '울부짖음과 같이 날카로운 색정적'(74쪽) 음악이다. 누군가의 도움으로 이를 직접 듣고 싶은 독자가 있다면, 모리스 라벨Mauric Ravel의 「라 발스La Valse」(1920)를 추천한다.

『꿈의 노벨레』에는 부부가 겪는 에로스가 대칭적으로 나타난다. 이는 규범적인 결혼으로 맺어진 남녀 관계가 처할 수 있는 위기의 속성을 보여주기 위한 하나의 실험적인 이야기 상황이다. 이 실험은 전통적인 시민사회에서 남성이 여성에게 부과해놓은 이러저러한 규범들을 통해, 그것이 과연 남성에게 무엇을 의미할 수 있는지를 대칭적으로 보여주는 장치이기 때문이다. 남성과 여성의 에로스 체험에 차이가 하나 있다면, 남성의 경우에는 공공연한 현실 세계의 것인 데 반해 여성의 경우에는 내면의 의식 또는 꿈의 세계의 것이라는 점이다. 덴마크 해변의 휴양지에서 프리돌린은 우연히 마주친 벌거벗은 소녀를 향해 손을 내밀지만, 알베르티네는 젊은 장교에게 먼저 손을 내밀 수 없고, 오로지 상상속에서 그 남자에게 접근할 수 있을 뿐이다.

『꿈의 노벨레』의 핵심 내용을 보여주는 알베르티네의 꿈속에서, 프리돌린은 첫날밤을 보내고 아침이 되자마자 남편으로서 사회적 책무를 독자적으로 감당해야 하는 사건이 발생한다. 사회·경제적으로 "불행한 사태"(101쪽)를 해결하려는 의지나 능력을 보여주지 못하는 남편은 '경악과 분노'(102쪽)의 대상이다. 프리돌린은 모든 위험을 무릅쓰고 "의상, 속옷, 구두, 보석" 등 알베르티네를 "위한 것이라면 뭐가 되었든 닥치는 대로"(103쪽) 사 들이는 동안에 그녀는 뭇 남성들을 상대로 에로스를 즐긴다. 프리돌린은 결국 또 다른 여왕에게 포로로 잡히고, 고문을 당하면서도 그 여왕의 청혼을 단호하게 거절한다. 알베르티네에 대한 신의를 저버리지 않으려는 몸부림이다. 알베르티네의 꿈속에서 프리돌린은 마땅히 '성실한 남편'의 책무를 다해야 하고, 그 결과는 프리돌린의 죽음이다. 알베르티네의 꿈속에서, 사회적인 동반자로서의 남편과 성적인 파트너로서의 남자는 완전히 분리되어 별개의 인물이다. 프리돌린이 사형을 당하는 순간에 알베르티네는 프리돌린의 행동에 대해 그녀가 "할 수 있는 한, 날카롭고 큰 소리로"(109쪽) 비웃음을 보낸다. 프리돌린도 비밀리에 열리는 에로스의 가면무도회에 참석하지만, 그 모험은 성공을 거두지 못하고 오히려 신분이 발각될 위험에 빠진다. 이때 이름 모를 어떤 여인이 프리돌린을 구하기 위해 스스로 가면을 벗고 신분을 노출시킨다. 그 여인은 자신의 사회적 지위를 더 이상 유지할 수 없게 되고, 남은 길은 자살뿐이다. 프리돌린은 자신을 구해주었다고 생각되는 여인을 찾아 나서는 과정에서, 그 여인의 얼굴에서 알베르티네의 얼굴을 무의식중에 떠올리고 있었음을 깨닫는다. 에로스의 파티에 참석한 여인과 자신을 위해 희생한 여인은 분리될 수 없는 한 사람인 것을 인식하게 된 것이다.

건강한 남녀 공동체에서 에로스적 충동과 사회적 책임 의식은 서로 분리되지 않는다. 그러나 규범적인 결혼 제도가 이를 가르는 "한 자루의 칼"(99쪽)이 되면, 결혼에 의한 부부 관계는 남녀 간의 자연사적 친화력을 뛰어넘어 서로 "죽이지 않고는 못 배길 원수"(111쪽) 사이가 되는 것이다. 결혼으로 맺어진 남녀 공동체에서 에로스적 충동과 사회적인 책임 의식은 동등하면서도 동시적인 가치를 지닌 것이기에 끊임없는 긴장 관계를 유지해야만 하고, 이는 건강한 남녀 공동체를 위한 아주 오래된 윤리적 요청이다. 『천일야화』의 셰에라자드가 그리했던 것처럼 프리돌린은 알베르티네로부터 용서받을 수 있다는 확신을 갖고 자신이 현실에서 겪었던 모험을 밤새 고백하면서, "아침이 회색빛을 띠고 커튼 사이로 서서히 밝아오기 시작할 무렵"(157쪽) 이야기를 마친다. 그리고 부부는 현실에서의 모험 그리고 꿈속에서의 모험에서 무사히 빠져나온 것을 감사한다.

에로스의 모험에 나선 프리돌린의 내면에서 의식과 무의식, 현실과 꿈이 끊임없는 긴장 관계를 유지하며 서로 부딪혀 불연속적인 복합 파동을 일으키는 양상은 얼핏 보면 인간 영혼의 카오스를 말해주는 것 같지만, 카오스는 죽음이 아니라 무정형의 생명력인 것을 다시 기억해야 한다.

오래전에 본 번역 원고를 읽어준 최초의 독자이자 현명한 아내 황미숙과 책으로 만들어주신 문학과지성사에 감사드린다. 특히 옮긴이로서 다시 손보고 싶었던 초판 번역 내용을 이심전심으로 찾아주고 곳곳에서 다듬을 수 있었던 것은 편집자 박지현 씨 덕분이었음을 이 자리에서 밝히지 않을 수 없다.

작가 연보

1862 오스트리아 빈 상류사회의 의사 집안에서 출생.

1871 빈 아카데미 김나지움 입학.

1876 일기 쓰기 시작. 처음 3년 동안은 간헐적으로, 그
      후 52년 동안은 하루도 빠짐없이 자신의 내면 및
      외적 사건을 기록으로 남김.

1979 빈 의과대학 입학.

1882 1년 동안 군의관 근무.

1886 폐결핵이 의심되어 북부 이탈리아로 요양 여행.

1889 「최면 및 암시를 통한 실성증失聲症 치료」라는 논
      문을 학술지에 기고.

1890 후고 폰 호프만슈탈Hugo von Hoffmannsthal, 베어-
      호프만Beer-Hoffmann 등의 문인과 교류.

1893 아버지의 죽음과 더불어 일반의 개업.

1895 연극 「사랑의 유희Liebelei」 공연으로 극작가로서
      최초의 성공을 거둠.

1899 바우어른펠트Bauernfeld 문학상 수상.

1900   독일어권 문학에서 최초의 내적 독백 소설 『구스
       틀 소위*Leutnant Gustl*』 발표. 희곡 『라이겐*Reigen*』
       비매품으로 자비 출판.

1903   올가 구스만Olga Gussmann과 결혼.

1904   희곡 『외로운 길*Der einsame Weg*』 발표.

1908   그릴파르처Grillparzer 문학상 수상. 장편소설 『트
       인 데로 가는 길*Der Weg ins Freie*』 발표.

1911   연극 「드넓은 세상Das weite Land」 베를린, 뮌헨,
       프라하, 라이프치히 동시 초연.

1912   연극 「베른하르디 교수Professor Bernhardi」 베를린
       초연.

1915   제1차 세계대전을 계기로 시대사를 증언하기 위
       해 자서전 『빈의 유년시절*Jugend in Wien*』을 5년여
       에 걸쳐서 집필.

1918   소설 『카사노바의 귀향*Casanovas Heimfahrt*』 발표.

1921   올가 구스만과 이혼. 연극 「라이겐」이 베를린에
       서 무삭제 공연되었으나 외설 시비에 휘말림. 연
       극 제작자와 배우가 재판에 회부되었으나 같은
       해에 무죄판결을 받음.

1922   60회 생일을 맞이하여 지그문트 프로이트로부터
       "인간 심리의 심층 탐구자"라는 칭송을 받음.

1923   베를린에서 공연된 「라이겐」 외설 시비를 계기로

내적 독백 소설 『엘제 아씨 *Fräulein Else*』 발표.

1925 소설 『꿈의 노벨레 *Traumnovelle*』 발표.

1926 소설 『회색빛 아침의 유희 *Der Spiel im Morgengrauen*』 발표.

1931 10월 21일 빈에서 뇌출혈로 사망. 60여 편의 장·단편 소설, 30편이 넘는 희곡, 작품 노트, 잠언록, 자서전, 일기, 편지 모음 등을 남김.

1933 나치의 등장과 함께 슈니츨러 전 작품 출판·공연 전면 금지. 오랫동안 잊힌 작가로 남겨짐.

1950년대 릴케, 프로이트 등과 나눈 편지들이 간헐적으로 공개됨.

1961~ 미국 뉴욕 주립대학을 중심으로 '아르투어 슈니츨러 국제 연구 협회 International Arthur Schnitzler Research Association'가 결성되어 학술 저널 『오스트리아 문학 *The Austrian Literature*』 및 『오스트리아 연구 *Journal of Austrian Studies*』(2012)를 정기적으로 간행.

1961~62 독일 피셔 출판사에서 슈니츨러 문학 전집 양장본 발간(총4권).

1977~79 독일 피셔 출판사에서 슈니츨러 문학 전집 문고판 발간(총15권).

1981~2000 오스트리아 학술원에서 슈니츨러 일기 원본 출간(총10권).